小学館文庫

火の龍王は水の妃をご所望です

貴嶋 啓

小学館

火の龍王は水の妃をご所望です

HI NO RYUOU WA
MIZU NO KISAKI WO
GOSYOMOU DESU

貴嶋啓

目次

序章

頭が割れそうに痛む。

崖崩れを警戒して速度を落としているというのに、吐き気まで催しそうな最悪の気分だ。馬の蹄《ひづめ》が砂利《じゃり》まじりの山道を踏みしめるたびに、まるで金槌《かなづち》で殴られるかのような痛みと衝撃が脳の奥を突き抜けていく。

だというのに――。

「あ、なあなあ！　あれが黒龍王城《こくりゅうおう》じゃね!?　そうだよな？」

突然、隣で馬を歩ませていた男が大声で話しかけてくる。

谷側へと視線を向ければ、たしかに木々の隙間から無骨だが重厚な王城が姿を覗《のぞ》かせていた。

だがそれがどうした。そこに向かってわざわざ都から来たのだから、見えるのは当然のことだろう。

「……うるさい。もう少し静かに話せ」

苦痛を訴えつづけるこめかみを押さえ、玖燁《くよう》は能天気にはしゃぐ男をにらみつけた。

「なんだよ、その不機嫌な面《ツラ》は！　おまえこれから、あの城へ嫁取りに行くんだろ？　そんな顔じゃ、相手に嫌われるぞ」

「放っておけ」

さきほど通りかかった村で手に入れたのか、手にした焼き芋をもふもふと頬張りながら言われても、説得力のかけらもない。

「ああそうか。相手に好かれる必要なんてないのか。あの家から妃《きさき》を迎えるのは、おまえにとって復讐《ふくしゅう》だもんな」

「……べつにそんなつもりはない」

「だって、黒龍王っていったら、おまえの姉ちゃんを殺した相手なんだろ？」

黒龍王から献上された『霊験あらたかな水』を飲みつづけたせいで寿命を削った姉が死んだのは、六年前のこと。

もともと病を抱えていたとはいえ、それを飲まなければきっともう少し長く生きられたはずだ。しかし――。

「いまの黒龍王は、その男じゃない。そいつの兄で、逆賊となった弟を討った男だ。復讐どころか、むしろ感謝してしかるべき相手だな」

金や権力に汚い現黒龍王の人となりは好かないが、その点を否定するつもりはない。

「黒龍王家から妃を迎えるのは、いまの俺にはそれしか手立てがないからだ」

そう、この身の内で暴れる炎を鎮めるためには、〈水〉の力を司《つかさど》るあの家の姫が必要なだけ。

「っていってもなあ。おまえの妃になんてなったら、食いつぶされるのがオチじゃんか。復讐でないなら俺は同情するねえ、その姫さんに」

「たとえ妃に迎えても、無理をさせるつもりは毛頭ない。この苦痛さえ取りのぞいてくれるなら、あとは好きに暮らせばいい。身体的に多少の負担はあれど、望むものすべてを手に入れられるならかまわないという女は、いくらでもいるだろう」

相剋《そうこく》の妃。玖燁が欲しいのは、それだけなのだから――。

「ふーん」

玖燁の真意を探ろうというのか、男は意味ありげなまなざしで眺めてくる。

「まあ、なんにせよ――」

にやりと笑みを浮かべた男は、馬たちが嫌がるのもかまわず真横に鞍《くら》を寄せると、馴《な》れ馴《な》れしく玖燁の肩に手をまわした。

「おまえが妃を迎えるのはかまわんが、眠れないときはいつでも俺を呼べよ」

「……あいかわらずの悪食め」

玖燁はその手を振り払い、忌々しげに舌打ちしたのだった。

第一章　逆賊の娘

『十八歳になったら、君は僕の妃になるんだよ』


春のはじまりになると思い出してしまう。

若君が、桃の枝を差し出しながら、私にやさしくささやいてくれた日のことを――。

その枝はつぼみをいくつかつけただけのものだったから、私ははじめ少し寂しく思いながら指を伸ばした。

どうして花の枝を下さらないのかしらって。

だけどうつむいたまま受け取ったら、なぜか若君は手を離してくれなくて。

不思議に思って顔を上げたとたん、ぽんっと花がほころんだ。

若君の――青龍王《せいりゅうおう》家の〈木〉の力を見るのははじめてだった。思わず「わあ」と歓声をあげると、若君は穏やかに微笑《ほほえ》んでくれた。

青龍王の世継ぎである若君にとって、黒龍王家の姫だった私を妃に迎えるのは、政略結婚だってわかっていた。自分の龍の力を高める〝相生《そうせい》の妃〟を欲するのは、どの龍王家も同じことだから。

それでも私は、美しい彼にこうして愛されて妃になれることがうれしかった。

『璃雨《りう》――』

『はい、藍脩《らんしゅう》様』

だから私は、名を呼んでくれる若君に心からの笑みを浮かべてうなずいた。

その後に起きる不幸など、想像さえしないで――。

＊　＊　＊

「なにしてんだい！　この愚図が！」

「っ――」

ピシッ――と手の甲を襲った痛みに、うつらうつらとしていた私はびくりと目を覚ました。

息をつまらせながら視線をあげれば、正妃様から寄越《よこ》されたお目付け役の梗蓮《きょうれん》が、竹の笞《むち》をしならせながら私をにらんでいた。

「明後日《あさって》の祭祀《さいし》に使う絹が足りないと言っただろう!? そんなチンタラ織ってたら、いつまでかかるかわからないじゃないか!」

ああここは、あの日若君が桃の枝を下さった東屋《あずまや》じゃない……。

夢から覚めた私の目に映ったのは、黒龍王城の奥深くにある、日当たりの悪い織り子部屋だった。

この部屋に押しこめられて、日がな一日絹を織りつづける。それが、お父様が亡くなってから私に与えられた務めだった。

だけど、いくら私が黒龍王家の〈水〉の力を持っていても、水の加護を祈りながら機《はた》織りしつづけるのはとても骨が折れること。

しかも今回の祭祀では、例年よりも絹の布帛《ふはく》が必要らしい。そのせいで私は、ここ一週間ほとんど眠るのを許されていなかった。

「なんだい? なにか文句があるのかい?」

せめて、一刻でいいから寝かせてほしい──。

そう口を開きかけた私の手を、梗蓮はふたたび笞で叩《たた》いた。

「あっ……!」

思わず悲鳴をあげてしまうが、梗蓮はかまわずに二度三度と笞を振りおろしてくる。

「っ……っ……!」

同じところを執拗《しつよう》に叩かれる痛みに、私は手をかばって身をよじってしまう。そのせいで織り機の椅子から転げおちてしまったけれど、それでも梗蓮の笞は止まらなかった。背中に頭にと、容赦なく笞が降りそそいでくる。

「逆賊の娘は、黙ってこっちの言うことを聞いてりゃいいんだよ！」

逆賊の娘――。

それは、なによりも私の心をえぐる言葉だった。

前黒龍王であるお父様が、天帝陛下に対する謀反の罪で討たれたのは六年前のこと。

だけど……。

（違う、お父様は逆賊なんかじゃない……）

悪いのはすべて私なのだ。

そう言いたいのに、手のひらを握りしめてひたすら叩かれる痛みに耐えることしかできない。

「ふん」

竹の笞が折れるまで私を打ちすえると、梗蓮はようやく気がすんだらしい。つまらなそうに笞を投げすて、私に言い放った。

「いいかい？　明後日までにこの布を織りおわっていなかったら、承知しないよ!?　わかったら、さっさと織りな！」

「……わかりました」

よろよろと織り機に座りなおし、私は痛みに震える手でふたたび絹を織りはじめる。

とん…とん、とんから──。

規則正しい機織りの音を耳にしていると、涙がにじみそうになる。

だけど手を止めるわけにはいかない。

だって、これは私への罰だから……。

無心で布を織っていると、お父様と幸せに暮らしていたころの思い出が脳裏に浮かんでは消えていく。

そしてそれは、いつしかまた、後悔に満ちたあの日の記憶に塗りかえられていくのだった──。

＊　＊　＊

『璃雨ー、いるんでしょ？　遊びましょ！』

うららかな春の日だった。突然部屋の扉が開いたかと思うと、従姉《いとこ》の琇霞《しゅうか》がひょっこりと顔を出したのは。

『あれ、出かけるの？』

ちょうど身支度を終えたところだった私に、琇霞は首をかしげた。

『ごめんなさい、琇霞。今日は盤古《ばんこ》の泉に行かなければならないの』

盤古の泉とは、黒龍王城の北にある聖なる泉だ。そこから湧きでる清水は、むかしから怪我《けが》や病に効くと言い伝えられている。

だけど霊験あらたかと謳《うた》われているその泉水は、祈りを捧《ささ》げて清らかに保っていないと、効能がなくなってしまうらしい。

だから、できるだけたくさん通うようにと、私は普段からお父様に言われているのだ。

『ええ、またなの？』

一緒に遊べないと聞いて琇霞は頰をふくらませた。

だけど本当は、琇霞が「また」というほどには、私は泉に行けていなかった。とくに最近は、こうして琇霞が誘いに来てくれるたびに出かけてしまい、半月は足が遠のいてしまっている。

さすがに今日は行かないとまずいだろう。

『忙しいお父様に代わって、私が泉にお祈りするって約束しているから。だからごめんね？』

『つまんなーい！　せっかく西の湖に鸞鳥《らんちょう》が飛んできたって聞いたのに！　本当に行

かないの？』

『鸞鳥!?』

私は目を輝かせた。

だって、鸞鳥は見るだけで幸運が訪れるという瑞鳥《ずいちょう》だ。この黒龍王領にもときどき姿を現すと言われているけれど、私はまだ一度も見たことがなかった。

『前に璃雨、鸞鳥の羽で藍脩様にお守りを作ってあげたいって話してなかった？』

『うん……』

藍脩様——若君は、六歳年長の私の許婚《いいなずけ》だ。

青龍王家のお世継ぎだからお忙しくてなかなか会えないけれど、私は幼いころからずっとお慕いしている。

『あーあ、残念！　璃雨は来ないのかー。でもいいわ。私だけで見てくるから。きっとすっごく美しいんだろうなあ』

『わ、私も行く！』

鸞鳥を見るという琇霞がうらやましくなって、私は思わず叫んでしまった。

『えぇ？　いいのぉ？』

『いいわ。泉には明日行けばいいもの』

そうよ。今日行くのも明日行くのも、あまり変わらないはずだもの。

だって鸞鳥が見られるチャンスなんて、本当にない。

その青い羽で作ったお守りは、きっと若君に似合うはずだから。

『本当？　やった！』

琇霞の顔がぱっと輝き、私の首に抱きついてくる。

『じゃあ、行きましょ』

『うん！』

私は琇霞の手を握り返して、部屋の外へと駆けだしたのだった。

だけど、西の湖の近くを探しまわっても、結局鸞鳥は見つからなくて――。

『あ～あ、残念！　せっかく鸞鳥が見られると思ったのに。もう飛んでいっちゃったのかしらね』

『そうね。若君に幸運のお守りを作ってさしあげたかったのにな』

夕刻になり、私たちはしゅんとしながら城へ戻ってきた。

するとどういうわけか城門の前がなにやら騒がしい。

そこには何人もの家臣だけでなく、琇霞の父である伯父の姿まであった。

『お父様？』

鞍のつけられた馬たちの向こうに大好きな父の姿を見つけて、私は駆け寄った。

『璃雨！　どこに行ってたんだい？　探したんだよ』

『ええと、ちょっとね。それよりお父様。お出かけになるの？』

お父様にはとても言えなかった。また泉に行くのをさぼってしまったなんて。

『ああ、帝都に行くことになったんだ。ちょっと用ができてね』

お父様はそう口にすると、ひらりと鞍に跨《また》がった。

『そういえば璃雨。最近泉へは行ってくれているかい？』

馬上から唐突に訊《たず》ねられ、私はどきりとする。

『も、もちろんよ、お父様。どうしてそんなことをおっしゃるの？」

『いや……。いいかい、璃雨。あの泉だけは、けっして濁らせないと約束しておくれ』

『わかっているわ。天地開闢《てんちかいびゃく》の神である盤古に祈りを捧げて、泉をきれいに保つのは、黒龍王家に生まれた者の務めなんでしょう？』

『そうだ。あの泉は、きれいであれば人の病を治す力があるが、汚れがたまれば逆に病をもたらしてしまうこともある。どうやらおまえは、あの泉と相性がいいようだからね。私が留守の間、くれぐれも頼んだよ』

『大丈夫よ、お父様。急いでいらっしゃるんでしょう？　お気をつけてね』

そして後ろ暗い思いのまま、私はお父様に出立を急《せ》かしてしまったのだ。

だって、そのときは思いもしなかったから。

嘘《うそ》をついたまま、もう永遠にお父様と会えなくなるなんて――。

数日後にもたらされたのは、お父様が逆賊とされ、立て籠もった屋敷で自害したという報《しら》せだった。

天帝陛下に毒を盛り、弑《しい》し奉ろうとしたという罪状で――。

＊　＊　＊

「ちっ！　雨が降ってきたよ」

梗蓮の舌打ちに、私ははっと我に返った。

「まさか、おまえの仕業じゃないだろうね？」

私は慌てて首を横に振った。

黒龍王家の者はみな、多かれ少なかれ〈水〉の龍の力を操ることができる。

しかし逆賊の娘としてこの部屋に押しこめられ、きちんとした訓練を受けることができなかった私は、ときおり制御できずに水の力を暴走させてしまうことがあるのだ。

だけど、この雨は私のせいじゃない。それどころかそんな大きな力、使ったことさえなかった。

「気に食わないねえ、おまえのその目」

「っ……」

また折檻《せっかん》がはじまるのだろうか。

不条理に振りあげられた手に、そう私が身を縮こまらせたときだった。

「璃雨、いるの？」

扉の外から従姉である琇霞の声が聞こえて、梗蓮はぴたりと手を止めた。

「姫様によけいなことを言ったら承知しないよ⁉」

梗蓮が私にそう命じるのと、扉が開いたのはほぼ同時だった。

「これは姫様！　このようなむさくるしいところに――」

琇霞が部屋へ入ってきたとたん、梗蓮は猫なで声になる。いまは琇霞が、お父様亡きあと王位を継いだ伯父――現黒龍王のひとり娘だからだ。

「おまえ、なにをしていたの？」

襟袖《えりそで》の刺繍《ししゅう》もあざやかな美しい衣をまとった琇霞は、すぐに赤く腫れあがった私の手に気づいて梗蓮の言葉を遮った。

「なんでもございません、姫様。この娘に、もう少しはやく機織りするよう促していただけです。なにぶん、祭祀は明後日でございますゆえ」

眉をひそめた琇霞に、梗蓮はしゃあしゃあと答える。

琇霞はそんな梗蓮をひとにらみしてから、私にやわらかな顔を向けて言った。

「いま織りあがっているぶんだけでも、じゅうぶん間に合うはずよ。璃雨、とりあえずできた絹だけ、お母様のところに持っていきましょう？　それでいいわね、梗蓮？」

梗蓮から反物の入った盆を奪いとり、琇霞はさっと私の腕を引いた。そうして、彼女はこの息苦しい織り子部屋から私を連れだしてくれたのだった。


「大丈夫、璃雨？」

「琇霞、ありがとう」

梗蓮の視線から逃れ、ほっとした私は琇霞の首に抱きついた。

お父様を亡くしてから、琇霞だけが私の味方だった。

城中のみんなが私のことを「逆賊の娘」だと蔑《さげす》んでも、琇霞だけはこうして私を助けてくれる。

「もうすぐ青龍王家の若君と約束した十八歳になるわ。もう少しの辛抱よ」

「うん……」

琇霞からのはげましに、幼い日の思い出が脳裏によみがえり、私は力なくうなずいた。

『十八歳になったら、君は僕の妃になるんだよ』

若君とそう約束した十八歳まで、あと少し。

だけど――。

「素敵なお話よね。璃雨のお父様と青龍王様が、むかしから堅い友情で結ばれていただなんて。だからお互いの子供同士を、将来ぜったいに結婚させようって約束したんでしょう?」

「ええ。だから青龍王様は、お父様があんな形で亡くなったあとも、若君との婚約を解消しないでくださったの。きっと家中では、反対する人も多いでしょうに……」

そう思うと、青龍王様にも若君にも、私は感謝してもしきれなかった。

「でも、もう黒龍王家の姫ではない私が、次期青龍王である若君の妃になるなんて……」

「なに弱気なことを言っているのよ!」

無理だと言おうとした私を、琇霞が遮った。

「だって、璃雨はまだ好きなんでしょう? 藍脩様のことが」

「それは……」

嘘はつけずに、私はこくりとうなずいてしまう。

たとえ許されないことだとわかっていても、その気持ちだけは否定できなくて。

「でも、仕方ないもの……」

だけど、口ではそう言いながら、私もまだ心のどこかで願ってしまっている。

若君の妃になりたいと――。

そんなあさましい自分が嫌になる。

だって、私にはなにかを望む資格なんてない。あのおやさしいお父様が、天帝陛下に毒を盛ったなんてありえないのだ。

だとしたら、考えられることはひとつだけ。

『あの泉は、きれいであれば人の病を治す力があるが、汚れがたまれば逆に病をもたらしてしまうこともある』

お父様の言葉のとおり、私が祈りを捧げなかったせいで、盤古の泉の水は毒のように変質してしまったのだ。

私のせいで天帝陛下は倒れられ、そしてお父様は逆賊として自害しなければならなくなった――。

だから私は、一生この城の奥で絹を織りつづけるしかない。

赦《ゆる》されることのない罪を抱えて――。

「……正妃様のところに行かなくちゃ」

琇霞を心配させたくなくて、私は無理やり微笑んだ。そして彼女から反物の盆を受け取る。

「あ、待って、璃雨」

けれど正妃の部屋へとつながる柱廊へと歩きだそうとしたところで、琇霞が私を呼び止めた。

「襟が乱れているわよ。万が一にも、お母様にしかる口実を与えないようにしなくちゃね」

私を蛇蝎《だかつ》のように嫌っている正妃様の不興を買ったら、梗蓮以上にひどい目に遭わされるかもしれない。

そう心配してくれたのだろう。琇霞は、両手の塞がっている私に代わって襟元を直してくれる。

そんなふうに私を思いやってくれるのは、もう琇霞だけ。

「本当にありがとう。大好きよ、琇霞」

だから私は心から微笑んで、今度こそ正妃様の部屋へ向かう柱廊を歩きだしたのだった。

――そのせいで、このときの私はちっとも気づかなかった。

「ふふ。襟が乱れていようといまいと、いま行ったら、機嫌の悪いお母様にひどく折檻されるのは避けられないでしょうけどねえ」

私がいなくなったとたん琇霞が、そう口の端を上げたことなんて――。

第二章　盤古の泉で

「いいかい、璃雨。龍の末裔《まつえい》が暮らすと言われているこの国において、天帝と四つの龍王家は、五行――すなわち木、火、土、金、水の力をそれぞれ司る支柱なんだ」
「しちゅう?」
「そう。国を支える柱だ」
そう言って、お父様は私にもわかりやすいように説明してくれる。
〈土〉の帝室――
〈金〉の白龍王家――
〈水〉の黒龍王家――
〈木〉の青龍王家――
そして〈火〉の紅龍王家――

「それ、知っているわ。だから黒龍王家の姫は、みんな青龍王のお妃になるのよね！」

若君のことが思い浮かび、私はちょっとだけ頬が熱くなった。

〈水〉は〈木〉を生ず。

つまり、青龍王の〈木〉の力をもっとも高められるのは、黒龍王家から嫁いだ〝相生の妃〟にほかならないのだと。

「そうだよ。神代からすでに悠久の時が流れ、私たちの龍の血も力も、昨今では薄まるばかりだ。だからこそおまえは、大きくなったら相生の妃として藍脩の助けになってやるんだよ？」

幸せだったあのころ――。

お父様の言葉に、幼かった私は力いっぱいうなずいたのだった。

＊　＊　＊

風に乗って聞こえる管弦の音に、私は目を覚ました。

するとそこはいつもの織り子部屋で、もちろんお父様の姿なんてどこにもない。

「……やっぱり夢、よね」

あのあとお父様は、帝都の上屋敷を兵に取り囲まれ、自害なさったのだから。

私のせいで、天帝陛下を殺害しようとしたという反逆者の烙印《らくいん》を押されて——。

「……っ」

まなじりににじみかけた涙をぬぐおうと身じろいだところで、私は身体中《からだじゅう》に走った痛みに息をつめた。

「——ああ、そうだったわ。昨日は正妃様に……」

琇霞と別れて正妃様のところへ行ったあと、運悪く正妃様と黒龍王である伯父様とが口論しているところに遭遇してしまったのだ。

そうして盗み聞きをしたと責められ、ひどく折檻された。

否定しても、まったく聞いてもらえずに。

『あの流民の母親に似て、なんて卑しい娘なの!?』

むかしからお母様を目の敵《かたき》にしている正妃様は、私を笞で打ちながらしきりにそう叫んでいた。笞が折れても気は収まらず、そのあとは激情のままに何度も腹を蹴られた。

そうしているうちに、いつしか意識を失ってしまったのだろう。

「きっと侍女たちが、私をこの部屋まで運んできたのね」

痛みだけでなく、長時間冷たい石畳の上に転がされていたため、身体中が冷えきっている。

ぶるりと震えながら、私はゆっくりと身を起こした。

明かり取りの窓から差しこむ陽射《ひざ》しは高くて、たぶんもうお昼が近いのだろう。

ずっと寝不足だったこともあって、ずいぶん長い時間意識がなかったようだ。

「梗蓮もいないし、楽の音も聞こえるということは、きっともうお客様が到着しはじめているのね」

痛む身体をかばいながら部屋の扉にふれると、鍵はかかっていなかった。

「いまなら……泉に行けるかしら。だって誰も、私のことになんてかまっていられないはずだもの」

お父様の夢を見たのは、それを知らせるためだったのかもしれない。

あとで城を抜け出したことに気づかれて、また折檻を受けることになったとしてもかまわない。

そう覚悟を決めた私は、そっと織り子部屋を出た。

思ったとおり城中がバタバタしていて、うつむいて歩く私に気づく人なんていなかった。

だからそのまま下働き用の通用門から城を出て、その向こうに広がる北の森を、私はひたすらに走った。

泉――〝盤古の泉〟と呼ばれる、黒龍王家の聖域へと。

『ここは父様と母様が出会った、大切な場所でもあるんだよ』

息を切らせながら清らかな泉の前に立つと、幼いころの記憶が父のやさしい微笑みとともによみがえってくる。

『おまえの母様に妃になってくれるようお願いしたのも、ここだった。だから頼んだよ、璃雨？　おまえが祈りさえすれば、この泉はきっと盤古の力を失わずにすむだろうから』

あれほどお父様に言われていたのに、どうして私は約束を守らなかったのだろう。唇を噛《か》みながら手を差しいれると、春のはじめの泉水は、身が切られるように冷たかった。

だけどそれさえも私への罰のように感じられ、私は衣を脱いでゆっくりと泉へと身を沈めていった。

こんこんと湧きでる清水は、地中よりしみ出た龍の力の結晶のようなもの。黒龍王家にとって力の源泉とも言える場所だけど、放っておくと澱《おり》のようなものが溜《た》まり、穢《けが》れとなってしまうのだ。

祈ることでそれを祓《はら》い清めようとするのだけれど――。

「ああ、でも駄目……」

連日の機織りで〈水〉の力を使い果たしてしまっているせいか、なかなかうまく清められない。

「澱もだいぶあるし……。あまり城を抜けだせないから、仕方がないのかもしれないけれど」

本当はもう少しこまめに泉に通えればいいのだ。なのにそうできないのが歯がゆくてならなかった。

「本来なら明日の祭祀も、この泉を清めるためのものだけど……」

この泉に祈りを捧げるのは「黒龍王家の務め」だと言っていたお父様と違って、新しく黒龍王になった伯父様は、この泉にはあまり興味がないようだった。

季節ごとに行われていた祭祀を取りやめ、年に一回としてしまったばかりでない。その一回でさえ、城内で形だけ祈ってすませてしまう。

きっと今回も、招いた客人たちと宴《うたげ》に興じて終わるのだろう。

「ううん、だから私がやるのよ。お父様としたあの約束だけは、ぜったいに守らなくちゃ。私には、もうそれしかできないんだから……」

頭を振った私は、はっとして水中から腕を引きあげた。

「また、治ってる……。腕だけじゃないわ。肩もお腹《なか》も——」

梗蓮や正妃様に笞で打たれた傷がみな消えていて、私は目をみはった。

「……不思議だわ。どうして私には、こんなにも効果があるのかしら」

たしかにこの盤古の泉に治癒の力があることは、むかしから言い伝えられている。

だけど長い年月を経て人々が龍の力を失いつつあるように、この泉も盤古の息吹が薄れて久しく、いまでは治癒の力など迷信だという人も多いと聞く。

伯父様が黒龍王でありながら、この泉に祈りを捧げないのも、きっとそう思ってのことだろう。

「お父様が私のことを『この泉と相性がいい』っておっしゃっていたけれど、こういうことなのかしら」

幼いころから私だけは、この水を飲めばすぐに病が軽くなったし、触れれば傷が癒えるのがはやかった。いまだって、すべて浄化できていないにもかかわらず、こうしてあっという間に傷が塞がってしまうほどに。

身体中から痛みが消えて、私は思わず泉に身体を浮かせた。木々の隙間から差しこむ陽光がきらきらと輝いて見えた。

「こんなにくつろいだ気持ちになるのなんて、久しぶり……」

凍えそうだった水の冷たさも、いまはもう感じない。

それどころか、清らかな水が身体に染み入ってくるようで、どこか慰められているような気にさえなってくる。

「ふふっ」

心地よい水の流れに気をよくして、私は浮かびながら指先に小さな渦をつくってみた。

そして泉のまわりを囲うように水柱を作り、一気に弾《はじ》けさせる。そうすると水の粒に陽光が反射して虹が見えるのだ。

「お父様がむかし、よくやってくれたわね」

そのたびに幼い私は、手を叩いてよろこんで――。

懐かしい思い出に、私はもう一度水柱を作ろうとした。

パキリ、と木の枝が折れる音が聞こえたのは、そのときだった。

「誰!?」

誰もいないと思っていた私は、慌てて振り向いて驚いた。

だって、いつの間にか泉の岸辺に男の人が立っていて、見開いた目で私を見つめていたから。

「あっ……」

私の意識がそれた瞬間、支えを失った水柱がザバッと崩れ落ちた。

いけない……！

そう思ったときにはもう遅かった。

水面へと叩きつけられた大量の水が、大波となって泉の周囲——その男性にも襲いかかってしまう。

「ごめんなさい……っ」

水が収まったそこには、さきほどの男の人がびしょ濡《ぬ》れになって座りこんでいて——。

私は慌てて岸に上がり、衣を巻きつけながら駆け寄った。

「まさか人がいると思わなくて……あ、駄目……っ！」

とっさに叫ぶ。

だって、前髪からぼたぼたとしずくを垂らしていたその人が、唇に流れた水をぺろりとなめたのだ。

『きれいであれば人の病を治す力があるが、汚れがたまれば逆に病をもたらしてしまうこともある』

お父様の言葉が耳の奥によみがえり、私は真っ青になった。

「大丈夫ですか？　ああ、どうしよう。この水をなめたせいで、もし体調が悪くなったりしたら……」

「……どういうことだ？」

「私、ひと月近く、この泉──盤古の泉を放っておいてしまって……。まだ溜まった澱をちゃんと取り除けていなかったんです。濁った水は、飲んだら毒になるかもしれなくて……」

「……いまのところ、おかしな感じはない。むしろすっきりした気さえする」

だけどそう言われ、私はほっと息をついた。

「よかった……」

「おまえ……」

だけどどこか戸惑った声が聞こえて、思わず私は顔を上げた。すると、ぬれそぼったその人と間近で視線がからんだ。

吸いこまれてしまいそうな、漆黒の闇を思わせる瞳だった。

きっと祭祀にいらっしゃったお客様に違いない。

どこか鋭利な刃物を思わせる男性にそう思っていると、なぜか訝《いぶか》しむような目を向けられる。

「……あ、ごめんなさいっ」

無遠慮に男の人に触れてしまっていたことに気づいて、私は慌てて指を引っこめようとした。

なのに、逆にその手をつかまれてしまう。

「あの……？」

「まさか……、そういうことなのか？」

「そういうこと？」

どういう意味かわからなくて、私は目を瞬《しばた》かせた。

「おまえ、名前は？」

「……璃雨と申します」

目がそらせないまま私が答えると、男性の眉がくっと曲がった。

「……なるほど。先帝陛下に叛逆《はんぎゃく》した前黒龍王の娘か」

「父は叛逆なんて――」

吐き捨てるように言ったその人に、私は思わず叫びかける。

だけど、舌打ちとともに握りこまれた手をぐいと引かれれば、息をつまらせ相手の胸に倒れこむしかない。

「っ……？」

気がつくと、唇が重ねられていた。

いきなりのことに硬直していると、強引に顔を仰向《あおむ》かされさらに深く口づけられてしまう。

「んっ……っ」

なにが起きているかもわからないまま、私は魂ごと吸いつくされてしまいそうな感覚にくらくらした。

相手は縮こまる私をなだめながらも、ますます遠慮をなくしていく。はじめて身に降りかかるその感覚を持てあまし、もがこうとしたときだった。

「は、はははは！　間違いない」

いつの間にか彼は私から離れていた。そしてぽたぽたと水の滴る前髪を掻《か》きあげながら笑いだしたのだ。

なに？

いったいなにが可笑《おか》しいの——？

「ならばいいだろう」

呆然《ぼうぜん》としている私に、鋭い眼差《まなざ》しを向けたその人は言った。

「おまえが俺の妃だ」

第三章　青龍王の相生の妃

「……え？」

私はまばたきを繰り返した。

彼がなにを言ったのか、さっぱりわからなくて。

でも、いま……。

私は震える手で唇に触れた。そこに残る感触から、じわじわとなにが起きたのかを理解した。

「聞こえなかったなら何度でも言うぞ。おまえは俺の――」

「きゃあああああ！」

自覚したとたん、思いきり泉の水を目の前の男性にぶつけてしまう。

ばっしゃーん！　と、ふたたび容赦のない大波が彼に叩きつけられた。

「あ……」

やってしまったと、一瞬だけ後悔する。

だけど私は、手をつかむ力がゆるんだ隙に立ちあがった。

「はっ――はははは！」

すぐに追いかけてくると思った。だけどわずかな時間、虚をつかれたような顔をしていた彼は、びしょ濡れになりながらふたたび笑いだす。

なに？　いったい……。

私は戸惑うしかない。

だってなにが可笑しいのか本当にわからない。

だけど、笑う元気があるなら、体調が悪いということもないはず。そう思った私は、今度こそ森の出口に向かって逃げだした。

「おい、待て」

背中の向こうから声が聞こえたけれど、私はぜったいに立ち止まらなかった。

「な、なんだったの、いったい……？」

一気に森を駆け抜けた私は、城門内に駆けこんだところでようやく足を止めた。

「急に、あんなことをするなんて……」

『おまえが俺の妃だ』

本当に、あの人はそう言ったのだろうか？

それとも聞き間違い？

心臓がうるさいくらい脈打っているのは、けっして走ったせいだけじゃなかった。

「妃っていうからには、ほかの龍王家の人ということ？　でも、龍王家の当主や世継ぎで今回の祭祀にいらっしゃるのは、青龍王家の若君だけだって琇霞は言っていたし……」

帝室もほかの龍王家も、みな重臣を名代に立てているという話だったはず。

だけど、いずれにしても冗談に違いない。

だって、あんなことを笑って言うなんて――。

「若君とでさえ、したことがないのに……」

いまだに残る感触を消したくて、私は手でごしごしと唇をこすった。

それでも森のほうを振り返れば、少しだけ心配になってくる。

動揺したせいで、結局あの人に二回も大量の水を浴びせてしまったのだ。

「大丈夫、よね？　はじめに泉の水をなめていたときも、平気だったもの」

体調を崩さなければいいけれど……。

そう思ったとき、私ははっとして自分の服に触れた。

「乾いてる？　どうして？」

彼にふたたび大波をぶつけてしまったとき、私も一緒にびしょ濡れになったはずなのに。

「私、無意識に衣を乾かしたのかしら？」

きちんとした訓練を受けていない私は、空気中の水分を集めて水を出すことはできても、それをふたたび空気中に戻すことはできたためしがない。

だからどこか腑《ふ》に落ちなくて、私が首をかしげたときだった。

「璃雨！　どこに行っていたの？」

「琇霞……」

少し慌てたようにこちらに駆けてくる琇霞は、夕刻からはじまる宴のために、すでに美しく装っていた。

艶《つや》やかな黒色に大胆に金糸を織りこんだ襦裙《じゅくん》は、豊かな胸をした琇霞に本当によく似合っていて、黒龍王家の唯一の姫としてまばゆいほどに輝いている。

私も、こうして着飾って若君にお会いできたら、どんなによかっただろう。

考えても仕方がないことなのに、私は急に、みすぼらしい自分をひどく惨めに感じてしまった。

「探したのよ？　部屋に姿がなかったから」

「ごめんなさい、琇霞。なにかあったの？」

琇霞がしきりにいじっている黒曜石の首飾りに自然と目がいってしまいながら、私は答えた。

「お母様が、人手が足りないから璃雨に宴の手伝いをしなさいって」

「あ……」

正妃様に、城を抜け出していたことを気づかれたかもしれない。

そう不安になっていると、琇霞が落ち着かせるように私の肩に触れてくる。

「大丈夫よ、部屋にいなかったことはごまかしておいたから。でもはやく行ったほうがいいわ」

「ありがとう、琇霞」

ほっとして、駆けだそうとしたときだった。

「青龍王お世継ぎ——藍脩様のご到着でございます！」

城門から聞こえた声に、私はすべての動きを止めてしまう。

ぎこちなく城壁の下を見ると、青い衣を身にまとった一行が、ちょうど城門をくぐってくるところだった。

その先頭に、ずっと恋い焦がれてきた若君の姿が見える。

やさしげな風貌に、穏やかな笑み。端整な姿で馬を颯爽《さっそう》と操る彼の姿は、いつにも増して凛々《りり》しくて——。

ふと、若君がこちらを見上げて微笑んだ気がした。
私に気づいてくれた？
たったそれだけのことで、私の心は躍った。
だけど――。
『俺の妃だ』
ふいに耳の奥でその声がよみがえり、私は胸を押さえた。
なぜこんなにも心がざわめくのだろう。
もうすぐ、もうすぐ約束の十八歳になる。
許されないことはわかっている。
だけど、それでも――。
「私は、待っていていいのでしょうか、若君……？」

＊　＊　＊

「青龍王お世継ぎ――藍脩様のご到着でございます！」

城の向こう側で、そんな声が聞こえた。龍王家のなかで、到着が遅れていた最後のひとりが、ようやく入城したようである。

通用門から城内に身をすべりこませた玖燁は、長袍《ちょうほう》の襟元をくつろげながらあてがわれた部屋へと向かう。宴に出るなら、そろそろ仕度をしなければ間に合わないだろうと。

「おいおい、急にいなくなってどこに行ってたんだよ？」

扉を開けるなり、長椅子に寝そべっていた男が声をかけてくる。

玖燁よりもさらに長身のため、足が大幅にはみ出している。しかし本人はそれをまったく気にした様子もなく、置いてあったらしいりんごをシャクシャクと齧《かじ》っていた。

「ここに到着するまで、頭が痛いってずいぶん不機嫌だったのによ。っていうか、朝よりもなんだかすっきりした顔してねーか？」

「森だ」

短く答えながら、玖燁は「そうかもな」と思った。ついさきほどまで割れるように痛んでいた頭が、いまではずいぶん落ち着いているからだ。

「森ぃ？　なんだってまた、そんなところに……？」

「おまえの言うとおり、あまりに体調が悪かったからに決まっているだろう。水の気配が強いところをたどれば力が相殺されて、少しはマシになるかと思ってな」

「って、なんでおまえ着替えてんの？　帰るんじゃなかったのか？」

「帰らない。宴にも出る」

けげんな顔をした男の前で、玖燁は肩の止《と》め紐《ひも》をはずす。

そのまま長袍を脱いでいると、男がなにかあったのかと問うような視線を向けてくる。

「さっきこの城の姫さんを見て、役に立たなそうだって言ってなかったか？　わざわざ来たのは無駄骨だったたって」

そう。玖燁はそのように思っていたのだ。

出迎えに出てきた琇霞という黒龍王家の姫を見たときには。

「予定が変わった。ほかで妃を見つけたからな」

「へ？」

前黒龍王の娘。

姉を死に追いやった男の――。

忌々しさに眉をひそめながら玖燁は、襟元の釦《ボタン》を留めて着替えを終え、唇の端を上げた。

「あの娘なら、遠慮する必要もないだろう。せいぜい役に立ってもらおうじゃないか」

＊　＊　＊

露台に設けられた宴席の中央では、楽の音に合わせた踊り子たちが、くるくると衣をはためかせながら踊っている。

「いいかい？　くれぐれも粗相をするんじゃないよ！　今日は大事なお客人が来ているんだからね！」

しつこいほど繰り返される梗蓮の言葉。

私はこくんとうなずき、酒壺《さかつぼ》を手に順に宴席をまわりはじめた。

一番上座にいらっしゃるのが天帝陛下からのお使者で、その両脇が伯父様たちやほかの龍王家からのご名代たち。そしてその下座にいるのが、それ以外のお客様たち――。

梗蓮に言われた席次を頭のなかで反芻《はんすう》しながら酒を注いでいると、琇霞が黒龍王家のひとり娘らしく、客人と言葉を交わしているのが見えた。

琇霞、きれいだわ……。

その姿に見惚《みと》れてしまいそうになっていると、琇霞もこちらに気づき、ゆったりとした笑みを返してくれる。

自信に満ちたその姿は、いつにもましてきらめいていて。

琇霞が私を気にかけてくれているというのに、どうして私は――。

美しく着飾った琇霞とは違って侍女の格好をしている自分を意識してしまい、私はさらに落ちこんでしまう。

もう、琇霞や若君がいる世界に私はいないのだと。

「黒龍王様、今日はずいぶんとご機嫌じゃないか」

「そりゃあ、そうだろう。客人に――が来ているんだからな」

聞こえてきた客人たちの談笑に、私ははっと我に返った。

「やっぱりそれか。たしか柱国《ちゆうこく》大将軍の称号が欲しいと、前々からこぼしていたからな。ねんごろにもてなして、天帝陛下への口利きをねだるつもりか」

いつもはしかめ面ばかりの伯父様が笑っていることを不思議に思っていたけれど、そういう事情があったのか。

それが梗蓮の言っていた「大事なお客人」という方だろうか。

「まあ、先代は柱国大将軍の官位を賜っていたからな。弟に対する対抗心ってやつがあるんだろうよ」

その場を離れようとしていた私だったが、ふいにお父様の話題が聞こえて、どきりと足を止めてしまう。

「だが先代って、あれだろう？　先帝陛下を毒殺しようとしたっていう」

「ああ。陛下の覚えもめでたかったのに、乱心したものだな」

「そのときは命を取りとめられたとはいえ、それ以来先帝陛下も体調を崩しがちになっちまったらしいからな。それが原因かどうかわからんが、結局去年身罷《みまか》られちまったし」

胸が苦しくなって、私はそこから逃げだした。

みんな、私のせいなのだ。

お父様のことも、先帝陛下のことも。

私が、ちゃんと盤古の泉に祈りを捧げなかったから——。

「っ……」

息苦しさに押しつぶされそうになり、私は思わず若君の姿を探してしまう。

そして青龍王様の名代として座る若君を見て、ほっと息をもらした。

多くは望まない。望まないから、こうして遠くからお姿を見ることだけは許してほしい。

そして、たまに言葉を交わすことさえできれば——。

私の足が、ふらりと若君のほうへと向かった。

もうすぐだ。もうすぐ若君のところへ行ける。

「酒をもらおうか」

「は……はいっ」

だけど声をかけられ、私は慌てて若君のさらに上座──天帝陛下から遣わされたという使者様へと視線を向けた。そしてあっと声をもらしそうになる。

「あなたは……」

そこに座っていたのが、泉で会ったあの男性だったからだ。

まさか、天帝陛下のご名代だったなんて……。

そう呆然としていると、いつまでも動こうとしない私をからかうように、その人がふたたび口を開いた。

「そんなところからじゃ酒は注《つ》げないだろう。もっとこっちへ来いよ」

はっとして、私はじりじりと近づいた。そしてめいっぱい腕を伸ばして酒を注ぐ。

その警戒っぷりを楽しそうに眺めていた男性は、杯を満たした私がすぐに立ち去ろうとしたところで、さっと手をつかんでくる。

「あの……ご使者様、手を──」

放してほしい。そう言おうとしたのだが──。

「玖燁と呼べ。ちょうどおまえに確認したいことがあったんだ」

「……なんでしょう？」

天帝陛下のご名代ということは、きっと皇城で直接陛下にお仕えしているお役人なのだろう。そう思ったら強く拒絶できずに、私は手を握られたまま答えることになってしまう。

「さきほどおまえがいたあの泉……、あれが盤古の泉というのは本当なのか？」

「そうです。むかしから、怪我や病気を治す癒しの力があると言い伝えられてきた聖なる泉です。いまではあまり信じられていませんが……」

「癒しの力？　だが盤古の泉というのは、おまえの父が先帝陛下に盛ったという毒の泉だろう？」

「違います……！」

当然のようにお父様が先帝陛下を弑し奉ろうとしていたように言われ、私は今度こそ叫んでしまった。

「盤古の泉のせいではないんです。みんな……、みんな私が悪いんです。私が……」

お父様は先帝陛下に叛逆などしていない。そう説明したいのに、うまく言葉が出てこない。

もどかしさのなか、せめて盤古の泉への誤解だけでも解きたいと、私は必死に言葉をつむいだ。

「……あの泉水は、放っておくと澱が溜まって、浄化の力を失い、かえって病を招いてしまうことがあるんです」

「澱……そういえば、泉でもそう言っていたな。では今日の泉は、澱が清められている状態だったというわけか」

「いいえ、あのときはまだ清めおわってなくて……。だからあなたが泉水をなめたのを見て、慌ててしまったんです」

そう言うと、玖燁様は少し考えるような顔をした。

「……だが、おまえの傷は治ったではないか」

「え？」

傷が治ったときといえば……。

「見ていたんですか⁉」

私は、頬がかっと熱くなるのを感じた。

だって、あのときは誰もいないと思って衣を脱いでしまっていたのだ。

「ああ」

「ど、どこまで？」

まさかハダカを見られたのかと、私はひどく狼狽《ろうばい》してしまう。

「……遠目だったから、それほどはっきりは見ていない。俺が言っているのは顔のあざだ」

その言葉に、とりあえず私はほっとした。

鏡を見てはいなかったけれど、顔にもあざができていたらしい。

「……私は、とりわけ泉との相性がいいみたいで、多少澱が溜まっている状態でも、傷が治るみたいです」

「……そうか。俺にも効いた気がしたんだがな。あの泉の水をなめたあと、少しだが身体が楽になったように感じられたんだが……」

「どこかご病気なのですか？」

私は少し驚いて彼の顔を見上げた。

だって、目の前の彼は、どこか弱っているようにはとても感じられなかったからだ。

「そうだな。家系的な病で、普段から頭痛をはじめとした症状に悩まされている」

「まあ」

出会いがしらに無礼を働かれたために傲慢でひどい印象しかなかったが、病なのだと聞いたら、彼が気の毒になった。

「盤古の泉をきちんと清めることができたら、お身体に効くかもしれません。ほかにも、なにか私にできることがありましたら言ってくだされば――」

「ならば口づけてくれないか」

耳元でささやかれ、私は弾かれたように後ずさる。

「ご、ご冗談はやめてください……！」

心配したのが悪かった。

どうにかしてつかまれたままの手を振りほどこうとするが、外れなくてますます慌ててしまう。

「まあ、冗談ぬきに、俺が家系的な病を抱えているのは事実で、これでもいつもよりはだいぶマシなんだ。だからおまえはここにいろ」

「そういうわけには……」

なにが「だから」なのかよくわからない。

「いい。とにかく、おまえがほかの奴《やつ》らに酒を入れてまわる必要はない」

だけど、隣は若君の席なのだ。

侍女としてでもいい。

若君のそばに行けるのは、いましかないのに……。

普段は若君との接触を正妃様に禁じられている。だから若君と直接言葉を交わせるのは、このような宴席のときに酒を注いでいる瞬間だけなのだ。

しかし男の手を振り払おうとすればするほど、逆に握りこまれてしまう。

どうしよう……。

私が困りはてたときだった。

「おまえ……もしかして機織りをするのか？」

「え……？」

「手のひらに、ところどころ硬いところがある」

私の手に指をすべらせながら言う玖燁様に、私は羞恥でかっと頬が染まった。

たしかに毎日機織りばかりしている私の手は、姫だったときとはまったく変わってしまっていたからだ。


「……普段は、絹を織っています」

「絹？　……まさか、水の加護がある絹か？」

「そうです。あの、本当にもう放してください」

いたたまれなくなった私が彼の手を振り払おうとしたときだった。

祭祀に参加してくれた客人たちに王として礼を述べていた伯父様が、目出度《めでた》い発表があると声を張りあげた。

「この場を借りて、みなさまへご報告があります。この度、我が娘である琇霞が、相生の妃として青龍王家の藍脩殿に嫁ぐ日取りが決まりました」

第四章　正妃と妾妃

私の心臓がどくん、と大きく脈打った。

いま、伯父様はなんて？

『この度、我が娘である琇霞が、相生の妃として青龍王家の藍脩殿に嫁ぐ日取りが決まりました』

耳が、頭が、全身が伯父の言葉を理解するのを拒否している。

琇霞が、藍脩様に……？

目を見開いたままぎこちなく首を曲げると、席を立った藍脩様のもとに、頬を染めた琇霞が肩を寄せるのが見えた。

「これはこれは……、ほほえましいかぎりですな」

「相生の妃とは、なんとめでたい！　似合いの夫婦となりましょう」

宴に臨席していた客人たちが、次々に祝福の言葉をつむいでいく。

そのなかでひとり私だけが、身動きひとつ取れずにいた。

どうして？　どうして、琇霞が……？

呆然と琇霞を見つめていると、彼女の目がゆっくりとこちらへ向けられる。

だけど目が合いそうになった瞬間、私は思わず視線をそらしてしまった。

だって、とても琇霞をまっすぐに見る勇気なんてなかった。


気がつくと私は、若君に桃の枝をもらったあの東屋に来ていた。

制止する使者様の手を振り払ってしまったのは、なんとなく覚えている。だけどどうやって宴の場から出たのか、まったく記憶がなかった。

「途中で抜け出したことを知られたら、また正妃様に笞で打たれてしまうわね」

少しだけ我に返り、ふふ、と乾いた笑いがこみ上げてくる。

だけど、そうわかっていても足が動かなかった。

東屋の脇には、あの日若君が手折った桃の木があった。まだつぼみとも呼べない花芽があるだけの、寒々しい姿で――。

『この度、我が娘である琇霞が、相生の妃として青龍王家の藍脩殿に嫁ぐ日取りが決まりました』

「っ……」

思い出すだけで、胸を一突きにされたような痛みが走る。
わかっていた、もう無理なんだってことくらい。
もう姫ではなくなった私が、若君の妃になるなんて――。
罪深い私が、幸せになんてなれないことも――。
きっと遅かれはやかれ、若君はほかの妃を迎える。
そうわかっていたけれど――。
私は息苦しさにあえいだ。
いつから？
いつからそんな話になっていたの？
頭のなかでは、そんな思いばかりがぐるぐると駆けまわる。
『もうすぐ青龍王家の若君と約束した十八歳になるわ。もう少しの辛抱よ』
昨日……そう私を励ましてくれたときには、もう若君の妃になるって決まっていたの？
だとしたら、琇霞はどういうつもりであんなことを言ったのだろう。
「璃雨……」
ふいに呼ばれた名に、私はびくりと肩を震わせてしまった。
聞きなじんだ声だ。すぐに誰かわかる。

おそるおそる振り返ると、そこにはやはり琇霞が立っていた。

「ごめんなさい、ごめんなさい、璃雨……」

息を呑《の》む私の目のまえで、彼女はぽろぽろと涙をこぼした。

訊《き》きたいことはたくさんあったはずなのに、それを目にしただけで私はなにも言えなくなってしまう。

「こんなことになって、私を怒っているのでしょう?」

「私は……」

「いいの。私はあなたに恨まれても仕方がないもの」

恨む?

そんな気持ちはなかった。

ただ混乱して、心の奥からあふれてくる哀《かな》しみで胸が苦しくてならないだけだ。

「本当にごめんなさい。若君には、璃雨を妃に迎えてあげてって何度も頼んだんだけど……。でも、どうしても若君が私をって……」

ああ、では若君は心変わりをしたということだろうか。

「でも……でも、じつは私も、いつの間にか若君のことを……!」

とうとうしゃくりあげながら泣きはじめた琇霞に、私はどこか遠い世界の出来事を見ているように感じた。

「若君には璃雨がいるから駄目って、ずっと自分に言い聞かせてきたの。でも、若君に好きだって言われたら、気持ちが抑えきれなくなってしまって……」

琇霞の言葉のひとつひとつが、ずくずくと心を刺していく。

もう痛いのか、苦しいのか、私はわからなくなっていた。

だけど、それでも琇霞を責められるわけがなかった。

だって私は、『逆賊の娘』——いいえ、それ以上に罪深い存在なのだから。

「……あなたが気にすることじゃないわ、琇霞」

涙ながらに謝りつづける琇霞に、私はようやくそれだけ口にした。

「私を許してくれるの、璃雨？」

琇霞がぱっと顔を上げた。

「許すもなにも……もう姫でもなんでもない私は、若君の妃にふさわしくないもの。あなたが悪いことなんて、なにもない……」

「ありがとう、璃雨」

安堵《あんど》の表情を浮かべた琇霞にぎゅっと抱き着かれた瞬間、なぜか全身が総毛立つ感覚に襲われた。

若君が、私ではない人を選んだのは仕方のないこと。琇霞を責めてもむなしいだけ。

それでも、もし彼女に怒ることができたら、もっと楽だったのかしら——。

胸の内にうずまく感情の波を、どうすればいいかわからなくて、私があえいだときだった。

「璃雨！　こんなところにいたのかい⁉　なに宴を抜け出して油を売ってんだ！　さっさと片づけを手伝うんだよ！」

「璃雨を叱らないで、梗蓮！　璃雨は私の用事で宴を退出していただけなのよ」

「いいの、琇霞」

かばおうとしてくれた琇霞に、私は首を横に振った。

まさか梗蓮の怒鳴り声が、救いに思える日が来るなんて。

「ごめんなさい琇霞。私、もう行くわね……」

それだけ告げて、私は琇霞の前から逃げだした。

このときは、そうするのが精いっぱいだった。

＊　＊　＊

「ふふ、ふふふふふ……！」

駆けていく璃雨の背中を東屋で見送りながら、琇霞はとうとう笑いをこらえきれなくなった。

「ああ、おかしい！　私が藍脩様の妃になると聞いたときの璃雨ったら！　本当に見物だったわ」

「まことに、まことに。あの娘、走りながら顔が引きつっておりましたよ！」

璃雨を追いやった梗蓮も、琇霞に駆け寄ってきて相づちを打った。

「璃雨が城を抜け出したことを、お母様に言わなかったのは正解だったわ。おかげで藍脩様の妃になるのは私だって見せつけてやれたもの」

想像するだけで愉快でならなかった。

口では「もう妃にふさわしくない」なんて言いながら、ずっと藍脩に恋い焦がれてきた璃雨だ。

その藍脩が、自分以外の女を妃に迎えると知ったとき、どんな気持ちだったのだろうと。

「それにしても、あの子は本当にあいかわらずのいい子ちゃんよねえ」

恋しい男を奪われ、いまの境遇から逃れる夢が破れても、それでも琇霞を責めようとしないなんて。

そんな璃雨が滑稽で、琇霞は笑いが収まらなかった。

「普段姫様に気を許させておいたほうが、あの娘により深い絶望を味わわせてやれるというのは本当ですね。姫様のおっしゃるとおりでした」

「ふふ。そうでしょう？」

琇霞が面倒な思いをしながらも、璃雨にやさしく接してやってきたのは、すべてこういうときのためだ。

「人というのは、辛《つら》いだけでは心を鈍化させるだけだもの。なにをしてやっても、あの子がなにも感じないなんてつまらないじゃない」

「たしかに私や正妃様では、罵倒しようが笞をくれてやろうが、あのような顔にはなりません」

どんなときも、璃雨は唇を嚙んで耐えるだけ。きっとひたすらに、時間がすぎるのを待っているのだろう。

「だって、あの子は私にだけは——この城で唯一の味方だと思っている私に対してだけは、無防備に心を開いているの。だからこそ、より深く傷つけてやれるってものなのよ」

だって、と琇霞は唇の端を上げた。

「あまりに嫌いで、ただ嫌うだけじゃ足りないんですもの。大嫌いな璃雨が私を好きでいればいるほど、溜飲《りゅういん》が下がるというものだわ」

そう。琇霞は、子供のころからずっと璃雨が嫌いだったのだ。

年齢もふたつしか変わらないのに、黒龍王のひとり娘として愛されて育ってきた璃雨のことが。

『あの流民の娘はできるっていうのに、なんでおまえはできないのかしら』

気位の高い母の自尊心を満足させるだけの龍の力も――。

『おまえと違って、あの娘は母に似て美しいからな』

ひそかに璃雨の母に汚《きたな》らしい劣情を抱いていた父をうならせる容姿も――。

琇霞の持ちえないすべてを、あたりまえのように手にしている璃雨の、なにもかもが気に食わなかった。

「だいたい厚かましいのよ。この私を差し置いて、次期青龍王の正妃になろうだなんて！　龍王の相生の妃になるのは、私に決まってるじゃない」

龍王家はほかにもあるが、黒龍王家の女にとって相生の妃の位はただひとつ。

青龍王の正妃のみだ。

にもかかわらず、心のどこかで自分が選ばれると信じているところがなによりも図々《ずうずう》しい。

「いいかげんに身の程を教えてやらないと」

そしてもっともっと、苦しめばいい。

璃雨が心から血を流す様を、琇霞は見たくてならなかった。

「ふふ。子供のころは、璃雨に無邪気に笑いかけられるだけで虫唾《むしず》が走ったものだけど……」

だけどいまや「黒龍王の娘」は琇霞であり、璃雨ではない。

みすぼらしい衣を身にまとい、地べたに這《は》いつくばる璃雨の姿は、琇霞の自尊心を大いに満たしてくれる。

「でもね、璃雨」

璃雨が大切にしていた桃の枝をつかみ、琇霞は嗤《わら》った。

まだまだこんなものじゃない、と。

「あんたのものは、すべて奪ってあげるわ」

「黒龍王の姫」の身分も、「青龍王の正妃」の地位も、そして愛した男の心も——。

「これからも楽しめそうね」

バキリと枝を折りながら、琇霞はさらに高らかな哄笑《こうしょう》をあげたのだった。

＊　＊　＊

『でも……でも、じつは私も、いつの間にか若君のことを……！』

耳の奥で、琇霞の声がこびりついたように消えなかった。

いつから琇霞は、若君のことが好きだったのだろう。

だれもいなくなった庭園の池に浮かぶ満月を見つめながら、私はひとり問いかけつづける。

『もうすぐ青龍王家の若君と約束した十八歳になるわ。もう少しの辛抱よ』

いったい自分がどちらにこれほど苦しく思っているのかわからなかった。

若君が私じゃない女性を選んだこと？

それとも、琇霞に裏切られたような気がしてしまうこと？

いくら考えても答えは出ない。

だけど、ひとつだけわかることはある。

「……いつまでも考えていたって仕方がないわ。もう、決まったことなのだから」

そう、もう決まったことなのだ。

若君に選ばれたのは琇霞で、私ではない。

あらためてそれを意識すると、ツンと鼻の奥が痛くなった。

「はやく寝なくちゃ……」

明日からも、また辛い機織りの日々は続くのだ。

もし居眠りでもしようものなら、笞で何度叩かれるかわからない。

ああ、だけど――。

「いままではどんなに辛いことがあっても、耐えられた。きっと心のどこかで、いつか若君がここから救いだしてくれるって思っていたから……。でも、その希望さえなくなったいま、どうやって生きていったらいいの……？」

お父様はすでに亡く、恋しい人も失った。そして心から気を許した従姉のことさえ、信じることができないなんて――。

「もう私には、誰もいない……」

絶望的なまでの孤独感に、私は震えた。

逆賊の娘だと誰もが私に後ろ指を指すこの世界で、本当にひとりぼっちなのだと。

涙が池の水面に落ち、波紋となって広がっていく。

そのときだった。

「――璃雨」

ふいに名前を呼ばれ、振り返った私は声を失ってしまった。

だってそこには、ずっと恋い焦がれつづけてきた人が立っていたから――。

「若、君……」

いまでも、彼が桃の花を咲かせてくれたときの記憶は、色あせることなくこの胸にある。

あの日のことを、どうやって忘れたらいいのだろう？

『十八歳になったら、君は僕の妃になるんだよ――』

その言葉だけを支えに、お父様が亡くなってからの一日一日を生きてきたのに――。

ああ若君……、若君……！

あの言葉は嘘だったのですか？

若君を責めてしまいそうになる自分を、私は必死におしとどめた。

だって、この人は琇霞を妃に迎える。だから、もう、璃雨が好きではいけない人なのだからと。

「っ……」

琇霞とのことを祝福しなければ――。

そう思っても、喉に石がつまったように、なにも言葉は出てこない。

「可哀《かわい》そうに。泣いていたんだね」

横たわる沈黙のなか気持ちだけが急いていると、長靴《ちょうか》の音をあげ若君のほうから歩み寄ってくる。

「これは……」

私ははっとして、慌てて頰をぬぐった。

「ごめん璃雨。僕はずっと君を妃に迎えるつもりでいたんだ。だけど、君ならわかるだろう？　龍王家同士の婚姻が、どれだけ大切か」

「はい……」

ふたたびにじみそうになりそうな涙をどうにかこらえて、私はうなずいた。

だって、彼の立場で反逆者の娘とされている私を妃に迎えるなんて、どれほど外聞の悪いことか理解できるから。

だから、選ばれなくても若君を恨むことはできない。

だけどそう思っても、心は引き裂かれそうだった。

なぜ、よりにもよって琇霞だったのだろう。

黒龍王家の姫だから？

相生の妃が欲しかったから？

ならば私のことも、愛してもいないのに妃にすると言っていたの？

もし、そうじゃないなら——。

私はきゅっと唇を引き結んだ。

やはり心変わりをして、琇霞のことを心の底から愛しているということなの？

「でも心配はいらないよ」

あとからあとからあふれそうになる言葉をどうにかして呑みこんでいると、若君が私の頰を両手で包みこんだ。

「君は添嫁《そいよめ》として、琇霞とともに輿入《こしい》れしてくればいいだけだから」

「そい、よめ……？」

私は耳を疑った。

だって、添嫁というのは、正妃の姉妹や従姉妹《いとこ》などから選ばれる、側妾《そくしょう》のことだからだ。

「もちろん、黒龍王家と縁を結ばなければならないから、正妃は琇霞になるけれどね。だけど、僕が本当に好きなのは君だけさ」

悪びれなくそんなことを話す彼に、私は世界がぐるぐると回っているような心地になった。

彼は本当に、ずっと私が恋い焦がれつづけてきた若君なのだろうかと。

「私は……」

十八歳になったら若君が迎えに来てくれるかもしれない。そう思うだけで、どんなことにも耐えられた。

若君との約束に、いったいどれだけ支えられただろう。

その若君が、なんの悪気もなく私に妾妃《しょうひ》になれという。

しかも添嫁だなんて、正式な妃でさえない。

媵妾《ようしょう》とも呼ばれるそれは、正妃に子ができなかった際に、代わりに後継ぎを生むためだけの存在だ。

正式な立場は、あくまで正妃の侍女。そのため、もし子を生んでも、それは正妃のものとして取り上げられてしまう。

妻にもなれず、母にもなれない、それが媵妾である。

ああ、だけど——。

「いいだろう、璃雨？　これからはずっと僕と一緒だ。もうこの城で、ひどい扱いを受けることもないんだよ？」

若君が私に甘くささやいた。

このまうなずけば、ひたすらに機を織り、笞で打たれるいまの生活から抜け出せる。

たとえ、正式な妃とはなれなくても、若君のそばにいられる——。

『じつは私も、いつの間にか若君のことを……！』

けれど、琇霞の言葉が耳の奥で響き、私は後ろに下がって若君の手から逃れた。

「璃雨？」

「……琇霞を、大切にしてあげてください」

だって、琇霞を裏切れるわけない。

この六年の間、私を支えてくれたのはたしかに若君との約束だった。だけど、琇霞がいなかったらとても耐えられなかったのも事実なのだ。

だから私は、若君のもとへ行くわけにはいかなかった。たとえ黒龍王家で虐げられる辛い毎日が、これからも続くことになろうとも。

泣きださないようにぎゅっと唇に力をこめ、私はようやくの思いで声をしぼりだした。

「どうか、琇霞とお幸せに――」

鼻の奥がツンと痛んだ。だけどぜったいに泣くまいと、必死に笑みを浮かべる。だというのに――。

「なんだって……？」

「若君？」

ふと若君の声色が変わった気がした。

「僕のところに来ないだって？　ならば君は、どうするつもりだっていうんだ？」

「痛っ――」

乱暴に肩をつかまれ、私は小さく悲鳴をもらしてしまう。

「僕の妃になりたいんだろう？　つまり側妾では不服なのか？」

「そういうことでは……」

「ここに残ってどうするつもりだ？　これからもそうやって薄汚れた格好で這いつくばって奴隷のように生きていくとでも？」

突然の変貌に、驚くいとまもなかった。若君から容赦なく浴びせかけられる言葉のひとつひとつが、刃となって私を切り刻んでいく。

「勘違いをするなよ？　君のような逆賊の娘なんて、僕以外の誰が相手にするっていうんだ！」

逆賊の娘――。

ほかでもない、若君の口から出てきたその言葉に、私のなかで、ビシリ――となにかがひび割れた気がした。

「君だってわかっているはずだろう？　君を受け入れてあげられる男なんて、僕だけだって」

若君が、ふたたびやさしげな口調で言い聞かせるように話してくる。

だけどその猫なで声が、いまは脳裏をざらざらとなでるように聞こえて気持ちが悪かった。

「……放してください」

「生意気を言うんじゃない！」

「っ――」

手を振りあげられ、思わず身体を縮こまらせたそのときだった。

「おいおい、嫌がっているのが見えないのか？」

気がつくと、若君の背後に人影が見えた。

「まるで聞いていられないな。戦国の世ならともかく、このご時世に堂々と従姉妹で二股宣言とは。まったくお盛んなことだ」

「なっ――」

若君の腕をつかみあげているのは、天帝陛下のお使者である玖燁様だった。

かっ、と若君の頬に赤みが差した。

「おまえ――、いや、あなたは……」

激高しかけた若君は、しかしすぐに狼狽した声でつぶやいた。

「紅龍王《こうりゅうおう》殿――」

第五章　紅龍王の相剋の妃

紅龍王、様――？

若君が呼んだ名に、私は思わず目を見開いてしまう。

天帝陛下の名代として宴にいらっしゃっていたから、地位の高い方だということはわかっていた。

でも、まさか紅龍王様だなんて……。


『母殺し――』


それが当代の紅龍王様につけられた異名である。

歴代の紅龍王のなかでも随一の〈火〉の力を持ち、その強大な力を制御することができずに、おのれの母さえ焼き殺した人だと。

柱国大将軍の筆頭として人に害をなす妖獣を狩れば、害獣相手とはいえその殺戮《さつりく》は凄惨を極めるという。彼が歩いたあとには、屍《しかばね》さえ燃え尽きて残らないと噂《うわさ》されるほどに。

「そもそも、おまえごときが璃雨の今後なんて心配する必要はない。璃雨は俺の妃になるんだからな」

「なっ……!?」

「すでに黒龍王には、話をつけてある」

玖燁様の言葉に驚いたのは私も同じだった。

恐ろしさをこらえ、ふるふると首を横に振ってどうにか口を開く。

「わ、私は承知していません……」

「いずれは承知するはずだ」

その自信はどこから来るのだろう。

はくはくと二の句が継げないでいると、困惑する私の様子に背中を押されたのか、若君が勝ち誇ったように嗤った。

「ご冗談を……。紅龍王である貴公にとって、迎えるべきは我が青龍王家の姫でしょうに」

若君の言うとおりだ。

〈木〉は〈火〉を生じる。

玖燁様が紅龍王様であるならば、その力をもっとも発揮させられるのは、青龍王家の姫となるはず。

「相生の妃などいらん」

しかし玖燁様はそれを一蹴した。

「俺が欲しいのは、相剋の妃だからな――」

＊　＊　＊

「璃雨が紅龍王様の妃ですって……!?」

夜になって父である黒龍王から呼びつけられた琇霞は、そこで告げられた話に愕然《がくぜん》とした。

「どういうことです？　あの流民の娘が、龍王の正妃になど」

母である正妃も信じられないのだろう。宴が終わっても酒杯を傾けつづけている夫に、鋭い声で問いただした。

「どういうこともなにも、紅龍王がみずから儂《わし》にそう申し出てきたのだ」

「断ればいいではありませんか、お父様！」

（璃雨が龍王の正妃になるなんて……位が並ぶなんて、冗談じゃないわよ！）

それに……と琇霞は歯嚙みした。

来城を出迎えたときにはじめて目にした紅龍王は、野蛮で冷酷な龍王だという噂などとはまったく違ったのだ。

精悍《せいかん》な顔立ちに、長身で鍛え抜かれた体軀《たいく》を持つ美丈夫——。

（あんな素敵な人が璃雨を妃にするだなんてありえない……！）

璃雨が横に並ぶ姿を想像するだけで、琇霞は怒りで卒倒しそうだった。

しかし黒龍王は、娘の言葉に「そういうわけにはいかん」と首を横に振った。

「当代の紅龍王は、叔父として天帝陛下の後見を務めているばかりでなく、柱国大将軍の筆頭として絶大な力を持っている。しかも財政的に傾いていた領地を数年で立て直し、いまでは当家と比べものにならないほどの財力もある。断って機嫌を損ねるよりも、むしろ璃雨を売りつけて、よしみを通じたほうが得策だ」

「そうだとしても、なぜ紅龍王が当家に妃を求めるのです？　あちらにとって黒龍王家は相生の間柄ではないというのに」

正妃は納得いかぬとばかりに、手に持っていた扇子をきしませる。

「相剋の妃を求めているのだと言っていた。どうにも力が強すぎて日常生活に障りがあり、それを鎮めることのできる妃が必要なのだと」

〈水〉は〈火〉に剋《か》つということか。

そんなものを求めるなんて、いったいどれほどの力を持っているというのだろう。

「だったら……相剋の妃を望んでいらっしゃるというのなら、私が——」

「琇霞!? おまえ、なにを言っているのです!?」

「だってお母様。はじめてお目にかかりましたけれど、意外に……悪くない方でしたもの」

表情を変えないように努めながら琇霞は言った。

そしてあくまで仕方なく、という体裁を崩さないよう顎をつんと反らした。

「そのように力のある方相手に、もし璃雨が妃になって粗相でもしたら、この黒龍王家にも類が及ばないとはかぎりませんでしょう? 璃雨が嫁ぐくらいでしたら、私が玖燁様の妃になりますわ」

青龍王家よりも財力も権力も持っているというのなら、いっそ乗り換えたほうが得策じゃない。

そう琇霞は思った。『母殺し』であろうがなんだろうが、そんなことは取るに足らないことだと。

「おまえは藍脩殿へ嫁ぐ日取りが決まったばかりではないか」

「だって、紅龍王様が当家から妃を迎えようとされているなんて、想像もしていなかったんですもの。相生の妃ではなくとも紅龍王家のほうが格上であるなら、それでもかまいませんわ」

財力、権力、そしてあの強靱《きようじん》で美しい身体――。

璃雨にはもったいなすぎる。

「やめておけ」

「ど、どうしてですの？」

「あの男は、歴代最高とまで言われる〈火〉の力の持ち主だ。相剋であろうとこちらのほうが弱ければ、侮《ぶ》――すなわち剋《こく》しきれずに凌辱《りようじよく》されるのがおちだ。奴の〈火〉に焼かれ、心身ともに蝕《むしば》まれるのは目に見えている」

（剋しきれない……って、相剋の妃っていうのは、そこまで身体に負担があるものなの？）

さすがの琇霞も、この薄情な父が「おまえをそんな男のもとにやるなんて忍びない」とまで言う以上、無理に紅龍王の妃になると主張するのはためらわれた。

「言われたとおり、璃雨はくれてやる。わかったら、さっさと璃雨に仕度をさせろ」

「いまですの？　いくらなんでも急では――」

驚いた正妃に、黒龍王は手にしていた酒杯を苛立《いらだ》たしげに卓子に打ちつけた。

「仕方がないだろう。紅龍王はすぐにでも璃雨を欲しいと所望しているのだ。いいからはやくあの娘を連れてこい！」

＊　＊　＊

「あの……紅龍王様」

若君のいる庭園から連れだされてしばらくしたところで、私は遠慮がちに声をかけた。

「玖燁と呼べと言っただろう。忘れたのか？」

「で、では、玖燁様。手を、放していただきたいのですが……」

「断る」

腕をぐいぐいと引かれ、小走りについてくるしかなかった私は、その言葉にさすがに啞然《あぜん》とした。

「さ、さきほど、言いたいことがあれば言えとおっしゃったではありませんか」

若君のもとから連れだされるときに、彼はそう話していたはずだ。

「言えとは言ったが、そのすべてを俺が聞くとは言っていない」

「そ、それは詭弁《きべん》というものじゃ……」

このままでは、この人のなすがままになってしまう。

そう思った私は、足を踏んばるようにして立ち止まった。

「なんだ？」

「……本気なのですか？」

面倒くさそうに振り返った玖燁様に、私は訊ねた。

「本気？　ああ、おまえを妃にするという話か？　もちろん本気だ。泉でもそう言っただろう？　話の途中でおまえは逃げてしまったが」

「あ、あんな状況で、信じられるはずがないではありませんか……」

「ならばもう一度言おう。璃雨、俺の相剋の妃になれ」

真っすぐな眼差しに射貫《いぬ》かれ、私は声をつまらせた。

「婚儀は、できるだけはやく行う予定だ。場所は帝都にある紅龍王家の上屋敷でかまわないだろう。この城を出る花嫁行列は、すぐに吉日を選んで――」

「ま、待ってくださいっ」

さすがに私は玖燁様の言葉を遮った。

母殺し――。

容赦のない殺戮――。

彼にまつわる噂を思うと恐ろしくてならなかったけれど、このまま流されるわけにはいかなかった。

「そんなに矢継ぎ早におっしゃられても困ります」

「おまえが信じられないと言ったからだろう。ここまで話して、まだ信じられないのか？」

「そうではないですけど……、あまりに急なお話に、ついていけないのです」

だって、ついさっきまで私は、若君に——青龍王家の藍脩様のもとへ輿入りすることを夢見ていたのだ。

「それに、私は逆賊の……娘です。とても紅龍王様に妃にと望まれるような者ではありません」

不思議でならなかった。なぜ私などを妃に望むのかと。

だって、この方ほどのお人なら、相生の妃でなかったとしても、誰でも望むままのはずなのに。

「そんなことは関係ない。俺は相剋の妃が欲しいのだと言っただろう？」

「どうしてですか？　どうしてそんなに相剋の妃を望まれているのです」

「どうしてだと？」

玖燁様がくっと笑った。

「こういうことだ」

突然背後の木に押しつけられたかと思うと、唇が重なっていた。

「ん、っ……んんっ！」

胸を押しかえそうとしたけれど、その動きさえたやすく封じられ無遠慮に蹂躙《じゅうりん》される。

まるで、すべてを喰《く》らいつくされそうな感覚だった。

「っ……んっ、ふ……」

戸惑いや怯《おび》えさえ搦《から》めとろうとする容赦のない口づけに、私はもう玖燁様の襟元をきゅっと握りしめることしかできなかった。

なにかにすがらなければとても耐えられなくて——。

「思ったとおりだ」

ようやく塞がれていた唇が自由になり、私は大きく息を吸いこんだ。

「な……にが……」

なにが「思ったとおり」なのか。

そう抗議したかったが、息が乱れて言葉がつむげなかった。

そんな私のまなじりににじんだ生理的な涙をぬぐいながら、玖燁様は満足そうに言った。

「おまえに触れると、俺の力が相殺される」

相殺？

どういうことだろう。

「〈火〉の力が強すぎるせいで、子供のころから制御するのに苦労してきた。普段から無理やり抑えているせいで、ひどい頭痛はするし、気を抜くと有りあまった力が自家中毒を起こして、俺自身を攻撃してしまう。だがおまえに触れていると、龍の力が鎮められて、不調がマシになる」

「私が……？」

「そうだ。泉で手が触れた瞬間、互いの気が交じりあい、調和して溶けていくのを感じた。あんな感覚ははじめてだった。まさかと思って口づけて確信した。おまえ以外にそんなことのできる女はいない」

つまり彼は、強すぎる力を持つせいで、放っておくと自分自身が蝕まれてしまうということだろうか。

そして相反する力を持つ私とともにいると、それが軽減されると。

「この百年の間、紅龍王家の者に短命な者が多いのも、この力のせいだ。血族間で婚姻を結んだ父母も……姉もみなこの病にかかっていた。……あとはもう、俺だけになってしまったがな」

「それが……おっしゃっていた『家系的な病』ですか？」

「そうだ。火の病と俺たちは呼んでいる」

火の病……。

それのせいでこの方は、家族を失い、みずからもずっと苦しんでいるなんて。

「それに、万一俺の力が暴走してしまったときに、自分の身も守れないような女では困る。その点〈水〉の力を持つおまえなら、たとえ俺の炎に巻かれたとしても、逃げる時間をかせぐくらいはできるだろう」

「……玖燁様が、相剋の妃をお求めになる理由は理解できました」

彼の申し出を受ければ、きっといまの境遇から抜け出せるのだろうことも。

「ですが、すみません。私は行けません」

私は、喉の奥から声を絞りだした。

もし本気で私を妃に望んでくれているのだとしても、この方のところには行けない。

「……まだ、あの男が好きだからか？」

私の肩が、びくりと揺れてしまう。

玖燁様の言葉のとおりだった。

あきれたことに、あんなことを言われてもまだ、私は若君への想《おも》いを断ち切れていないのだ。

こんな気持ちのまま、ほかの男性に嫁ぐなんて……。

「……私でお役に立てることでしたら、できるだけのことはさせていただきます」

「ならば――」

引き寄せられそうになる腕を押しとどめ、私は続けた。

「だけど、ごめんなさい。妃とか、そういうのは無理です……」

玖燁様を押し返し、それだけ告げて私は彼の前から逃げ出したのだった。

＊　＊　＊

だけどいつだって、すべての物事は私の意思の外側で決められてしまう――。

「おまえを紅龍王にくれてやることとした」

織り子部屋に戻ろうとしたところで梗蓮につかまった私は、連れてこられた先で伯父様にそう告げられたのだ。

「あの……、そのお話は、さきほど紅龍王様にお断りして……」

そういえば玖燁様は、「黒龍王には話をつけてある」と言っていた。

私がお断りしたことは、まだ伯父様の耳に入っていないのだろう。そう思って、説明しようとしたのだが――。

「馬鹿者!!」

どなりつけられ、私はびくりとした。

「おまえごときが、勝手に返事などできるはずないだろう！　いまや紅龍王は、即位されたばかりの天帝陛下の後見として、並ぶ者のない力を持っているのだぞ!?　その紅龍王がおまえを所望している以上、おまえに断る権利などない！」

「そんな……」

「いいか？　紅龍王は、すぐに〝相剋の妃〟が欲しいと言っているんだ。わかったらさっさと仕度をして、紅龍王の寝所へ行くのだ！」

「いま、これからですか……？」

私は呆然とした。

妃として正式に迎えられるなら、相応の仕度を整えて嫁入りするはず。それをいますぐ寝所に行けなんて……。

そんな乱暴な話があるだろうかと思っていると、伯父様の隣にいた正妃様が、高らかに笑声をあげた。

「ほほ！　おまえのような娘には、婚儀など不要ということでしょうよ！　それもそうでしょう？　相剋の妃とは、妃とは名ばかりの奴隷のようなものですもの！」

「奴隷……？」

正妃様は「わかっていないなら、教えてあげましょう」と唇の端を上げた。

「相剋の妃も、相生の妃と同様に、男女の交接によって互いの気を交わらせるのは同じこと。とはいえ相剋は、房中術によって天地との和合を果たし、龍の気を高めあう相生とはまったく違うものよ！」

そして正妃様は、扇子で口元を隠し、意味ありげな眼差しを送ってくる。

「互いに食いあい龍の気を打ち消しあう相剋では、弱いほうは強いほうに蹂躙されるもの。おまえはあの男と交わるたびに龍の気を奪われ、いずれは廃人のようにされるのが落ちでしょうよ！」

「紅龍王は、当代随一と言われるほどの龍の気の持ち主だからな。力がありあまって仕方がないのだろう。おまえを抱くことで龍の気を奪い、それを効率的に処理したいというわけだ。はは、なんというバケモノじみた男だ」

「そんな……」

玖燁様から受けた、すべてを食らいつくそうとするかのような口づけを思い出し、私は身震いした。

たしかに玖燁様自身も言っていた。

『おまえに触れると、俺の力が相殺される』

あれは、きっとそういう意味なのだ。

「なにか問題があるのか？　紅龍王は、この儂が柱国大将軍の称号を得られるように、天帝陛下に口添えしてくれるというのだぞ？　逆賊の娘であるおまえを追放することもなく、ここまで面倒を見てきてやったのだ。その恩に報いるのは当然のことではないか」

ああそうか、私は売られたんだ。

そう悟ると、おそろしいほどの虚無感で身体中から力が抜けていく。

「逆賊の娘でも、使い道があっただけありがたいと思うがいい。せいぜいあの男の心をつかんで、我が黒龍王家のためになるよう立ちまわれ」

「ほほっ、ほほほっ！　母殺しの紅龍王の通ったあとには、すべてが燃やしつくされてなにも残らないというもの。そんな野蛮な男に組み敷かれ、せいぜい気を吸いつくされて死ぬがいいのよ！　あの流民の娘に、なんてふさわしいのかしら！」

「わかったなら、さっさと仕度をしろ！」

第六章　売られた妃

抵抗することもできずに湯あみをさせられた私は、池のほとりに建てられた二階建ての楼へと連れていかれた。

眺望がよいことから、むかしから身分の高い客人をもてなすために使われてきた特別な部屋だ。

幼いころ足を踏み入れたときはその美しさに目を輝かせたものだが、薄闇に包まれたいまは、すべてを拒絶するような冷たさしか感じない。

しかも、いくつもの紅灯に照らされた部屋の奥には紅《あか》い色絹で彩られた牀《ベッド》があり、どこか淫靡《いんび》な雰囲気を放っている。

『母殺しの紅龍王の通ったあとには、すべてが燃やしつくされてなにも残らないというもの。そんな野蛮な男に組み敷かれ、せいぜい気を吸いつくされて死ぬがいいのよ！　あの流民の娘に、なんてふさわしいのかしら！』

正妃様の嘲笑が、頭のなかでずっとまわっている。

『おまえが俺の妃だ』

怖かった……。

あの圧倒的な存在感の前では、ちっぽけな自分なんてなんの意味もなさない。またたく間にあの人のすべてに私は呑みこまれてしまうだろう。

呆然と牀に座っていると、思い出すのは若君のことばかりだ。

『十八歳になったら、君は僕の妃になるんだよ』

『君は添嫁として、琇霞とともに輿入れしてくればいいだけだから』

『君だってわかっているはずだろう？　君を受け入れてあげられる男なんて、僕だけだって』

涙がこぼれた。

どうしてこんなことになったのか。

十八歳になったら、若君の妃になれるはずだった。

だけど私は罪を犯し、若君は琇霞を選んで私に妾妃になるように言った。

『勘違いをするなよ？　君のような逆賊の娘なんて、僕以外の誰が相手にするっていうんだ！』

若君の口から告げられた言葉は、私の心を千々に引き裂いたというのに。

それだけでなく今度は、突然紅龍王様の妃になれだなんて――。

『おまえはあの男と交わるたびに龍の気を奪われ、いずれは廃人のようにされるのが落ちでしょうよ！』

なにをされるのかわからない不安に押しつぶされそうになり、私は自分の身体をぎゅっと抱きしめた。

そのときだった。

「璃雨……、璃雨……！」

「若君……？」

かすかな声が聞こえて顔を上げると、窓の向こうに長年恋い焦がれた若君の姿がある。

「危ないです……！」

ここは二階だ。

どうしてそこにいるのかと思う間もなく、若君が木に登っていることに気づいて慌てて窓を開けてしまう。すると、若君が私の腕をつかんできた。

「ああ、璃雨。黒龍王様が、紅龍王の申し出に折れて、君を嫁がせる許可をしてしまったというのは本当なんだね」

「それは……」

「なんて可哀そうなんだ……。あんな横暴な男のところに行かなければならないなんて」

　私がなにも答えられずにいると、若君は「わかっているよ」と微笑んだ。

「あの男から逃げられないよう、閉じこめられているんだろう？　心配はいらないよ。僕がここから連れだしてあげるからね」

「若君……？」

「しっ。いまなら見張りは少ない。脱出するならいまさ」

　そう言うと若君は、窓に足をかけて部屋へと押し入ってくる。

　そして驚く私の手を取った。

「さあ、璃雨。僕と逃げよう」

「でも……逃げたって行くところなんて……」

　そんなところがあれば、お父様が亡くなったあととっくに逃げている。

「言っただろう？　添嫁として僕のところに来ればいいと」

「そのお話は、さきほどお断りして……」

『逆賊の娘』と罵られたときのことを思い出し、私の胸がずくりと痛む。

「わかっているよ。さっきは急だったから、驚いてしまったんだろう？　僕は気にしていないから、大丈夫さ。言ったじゃないか、僕が一番に好きなのは君だって」

「若君……」

「ここにいたら、紅龍王にどんなひどい目にあわせられるかわからないよ。だって、相剋の妃だなんて奴隷も同じじゃないか」

若君も、正妃様と同じように言った。

相剋の妃は、奴隷だと。

「添嫁のことは、君にとっても悪い話じゃないだろう？　面倒なつきあいは正妃である琇霞がやるし、子が生まれたら琇霞が自分の子として育てるんだから。君は僕の隣で笑っていればいいだけさ」

ああ、私はこの人のどこを見ていたのだろう。

ぬぐうことのできない違和感が、私のなかで確信に変わった。

「……放してください」

「ちっ」

若君は、聞き間違いかと思うほどに、大きく舌打ちした。

「まだなにか不服だっていうのか⁉　この僕がもらってやろうっていうのに！」

「やっ……！」

乱暴に襦衣《じゅい》が引っ張られた。裂けた襟元から白い肌があらわになり、私は慌てて掻きあわせる。

「ああ、璃雨……」

「……来ないでください」

笑顔で迫ってくる若君が、なお恐ろしく感じた。

じりじりと後ずさり、壁が背中にぶつかってしまう。

もう逃げられないところまで追いつめられ、伸びてきた手に私が縮こまったそのときだった。

「なにをしてらっしゃるの、藍脩様？」

「琇霞……！」

助かった、と私はほっと息をついた。

突然開いた扉の前に、部屋の鍵を開けさせたらしい従姉が、にこにことした笑顔で立っていたからだ。

「し、琇霞！　いや、これは……」

「璃雨は私のかわいい従妹《いとこ》ですわ。どうか困らせないであげてくださいな」

とたんにうろたえだした若君をさえぎり、琇霞が若君と私の間に身を割りこませてくれる。

「お引き取りくださいますね？」

有無を言わせない琇霞の言葉に、若君は慌てて扉から駆けていく。

「琇霞……、ありがとう――」

やっぱり、いつだって琇霞は私を助けてくれる。

彼女を裏切るようなことをしないでよかった。そう思った私は、琇霞の背中に抱きつこうとした。

だけど——。

「この売女《ばいた》！」

振り返った琇霞に思いっきり引っぱたかれ、私は床に倒れこんだ。

「まったくお母様の言うとおりだわ。他人《ひと》の男に色目を使うなんて、なんて卑しい女なの⁉」

いま、なにが起きたの？

私は、口汚く罵ってくる従姉を、打《ぶ》たれた頬を押さえながら呆然と見上げた。

「琇霞……？」

「気安く名前を呼ぶんじゃないわよ！」

いままで聞いたことのない声で怒鳴られる。

「そもそも、あんたみたいな逆賊の娘が、龍王の正妃になろうなんてこと自体が図々しいんだって、いいかげん悟りなさいよ！」

「あっ」

琇霞に蹴りつけられ、私は床を転がった。

これは、誰……？

あの、いつもやさしかった琇霞なの？

痛みをこらえながらのろのろと視線を向けると、逆上のあまりハアハアと肩で息をしながら私を見下ろす琇霞の姿が、正妃様のものと重なった。

なにかの間違いよ。

だって、誰もが私を「逆賊の娘」って罵るなかで、琇霞だけはずっと味方だったもの……。

それとも本当は、琇霞も心のなかでずっと私を蔑んでいたの？

ゆっくりとこちらに歩みよってくる姿が、いつも楽しげに笞を振るってくる正妃様そのものに見えて、私は首を横に振った。

「やめて、琇霞……」

「あんたなんて……！」

「やめて――！」

ふたたび腕を振りあげられ、ぎゅっと目をつむったときだった。

「見苦しいな」

ふいに聞こえた声に、琇霞の手が止まった。

「紅龍王、様……」

呆然と振り返った琇霞にかまわず、戸口に立っていた玖燁様が無遠慮に部屋へと入ってくる。

「藍脩《あのガキ》がこちらへ向かったと聞いたから、急いで来てみれば……。こんなところで抵抗できない相手に殴る蹴るとは。どうやら次期青龍王の正妃殿は、淑女とは名ばかりの野蛮な女のようだ」

「なっ――」

「大丈夫か？」

怒りに頬を染めた琇霞の前を素通りし、玖燁様が私に手を差し出してくれる。

その手を取っていいかためらっていると、彼のほうからつかまれた。

力強く腕を引かれる。だけど足に力が入らなくて、立ちあがれそうにない。

まごまごしているうちに抱きあげられてしまい、私は借りてきた猫のように身を縮こまらせた。

そのまま奥の牀へと運ばれ縁に座らされると、玖燁様は私の乱れた襟元に気づいて舌打ちした。

「あのガキ……。一発くらい殴っとくんだったな」

そして玖燁様は、まだ部屋に立ちつくしている琇霞に向き直って告げた。

「おまえもさっさと出ていけ。それともここで俺たちの情事でも見物するつもりなのか？」

「っ……」

わなわなと唇を震わせた琇霞は、今度こそくるりと踵《きびす》を返したのだった。

第七章　妃になってくれ

『あんたみたいな逆賊の娘が、龍王の正妃になろうなんてこと自体が図々しいんだって、いいかげん悟りなさいよ！』

逆賊の娘――。

いままで、何度その言葉を耳にしてきただろう。だけど、これほどまでに苦痛を感じたことはきっとなかった。

そう、若君の口から浴びせられたときでさえ。

琇霞も、心のなかではずっとそう思っていたの？

「――おい」

はっと我に返ると、牀に座ったまま呆然とする私の前に、玖燁様が立っていた。

『おまえが俺の妃だ』

若君の相生の妃になるのだと夢見ていたのは、ついさきほどのことなのに。

自分よりもはるかに身長の高いその人を見上げながら、私はあわれな小動物のように身震いした。

伯父様は、柱国大将軍の称号と引きかえに私をこの方へ売ったのだ。

紅灯で飾りたてられた新婚初夜のような部屋に、その事実をいっそう強く意識させられる。

『母殺しの紅龍王の通ったあとには、すべてが燃やしつくされてなにも残らないというもの。そんな野蛮な男に組み敷かれ、せいぜい気を吸いつくされて死ぬがいいのよ！　あの流民の娘に、なんてふさわしいのかしら！』

玖燁様がこちらに身を乗りだしてくる気配に、私は思わず目をぎゅっとつむった。

だけど——。

「——腫れているな」

「……え？」

ふいに頬に感じた体温に、私はぱちりと目を開いた。

なにを言われているかわからなくて、おずおずと自分の頬に触れる。するとたしかに熱くなっていて、琇霞に打たれたことを思い出す。

「少し冷やしたほうがいい」

そう言って私から離れた玖燁様は、袖机にあった手洗い用の盥《たらい》に水を張り、手拭いを濡らしてくれる。

「あの……大丈夫ですので……」

頰に当てられた冷たい手拭いをびくびくしながら受け取ると、玖燁様がため息をついた。

「期待に添えなくて悪いが、今夜そういったことをするつもりはない」

「え？」

「どうやら、俺の黒龍王への言い方が悪かったようだ」

玖燁様は、あきれたような目でぐるりと飾りつけられた部屋を眺めた。

「俺が一刻もはやくおまえを連れてくるよう言ったのは、おまえがこの城でひどい扱いを受けているのがわかったからだ」

なにもされない——。

そう聞いてほっとしたとたん、私は力が抜けてしまった。

「……お気づかいくださって、ありがとうございます、でも、いいんです。仕方がないことなので」

「仕方がないだって？」

「……だってみんな、罪深い私に与えられた罰なんです。……先帝陛下が倒れられ、お父様が逆賊として死んでしまったのも、みんな私のせいだから……」

だから、なにをされようと、私は甘んじて受けいれるしかない。

だって、と口にしたとたん、昂《たかぶ》った感情のせいで涙があふれてしまう。

「あのとき……、私があのとき、ちゃんとお父様との約束を守っていたら、こんなことにはならなかったんだから……！」

「約束？」

「お父様と、約束をしていたんです。盤古の泉に澱が溜まらないように、祈りを捧げるって。だけど子供だった私は、遊びたくて、ずっと放っておいてしまって……。お父様は、先帝陛下に毒を盛ろうとなんてしていないんです。私が……私のせいで、毒のように変質してしまっただけで……」

泣きたくなんてないのに、涙が止まらなかった。

嗚咽《おえつ》が交じり、自分でもなにを言っているのかよくわからない。

だけど玖燁様は、私がしゃくりあげながら話すのを、ずっと静かに聞いてくれていた。

「……だからといって、あの娘がおまえを殴るのは、話が違うだろう」

「琇霞は……いつもはあんなふうではないんです。普段は、すごくやさしくて……。今日はたぶん……私に腹を立てたからあんな……」

「あの娘に、まだそんな肩入れをするのか？」

涙をぬぐいながら首を振ると、玖燁様はかばう理由がわからないと眉をひそめた。

「でも、琇霞は、ずっと傷ついていたのかも……。琇霞が若君のことを好きだって、私が気づかないでいたから……」

そうよ、と私は思った。

きっと琇霞は、私が心の奥で若君の妃になることを望んでしまっているって知っていたから。

だから、若君との婚姻について私に言いだせなかったのだ。

「言いたくても言えなくて、琇霞もずっと辛かったんだと思います。だから……私のところに若君がいるのを見て、きっと怒りが爆発してしまったんだわ」

あのひどい言葉の数々も、たぶんそのせい……。

きっと本心じゃない。

「おまえ……」

玖燁様はさらに苛立ったように髪を掻きあげた。

「……万一そうだとしても、おまえが悪いわけではあるまい。逆におまえこそ、あのふたりの婚約を知らされてなかったんだろう？　あのガキは、もともとはおまえの婚約者だったそうじゃないか」

「それは……」

「いずれにしても、怒りにまかせて他人に暴力を振るう言い訳にはならない。ロクなもんじゃない。あの女も、青龍王のところのバカ息子も」

玖燁様はそう言うと、視線をそらしてうつむいていた私の頬に、ふたたび冷やした手拭いを当ててくれる。

私は自分でやろうと指をのばしたが、玖燁様はそれを許さずに「言っておくが――」と言葉を続けた。

「あの男と行けば辛い境遇から抜け出せると思っているかもしれないが、それはないぞ」

「っ……」

容赦のない言葉に、私は心臓を一突きにされたように、息をつまらせた。

「いいか？　添嫁というのは、通常の妾妃とも違う。夫や妃としての名誉だけじゃない。生んだ子供まですべて正妃に搾取される、体のいい奴婢《ぬひ》のことだ。そんな存在におまえを貶《おとし》めようとする奴のもとに行っても、けっして幸せにはなれない」

「……わかっています」

玖燁様はきっと、私の胸にひそむ願望を見透かしているのだろう。

ふたたび涙がにじみそうになるのをこらえ、私は唇をきゅっと引き結んだ。

わかってはいるのだ。

悪気もなく、私をそんなものにしようとしている若君は、私のことを大切には思ってくださっていないと。

だけど……だけど、きっと心の奥で望んでしまっていた。それでもいいって。

それでもいいから、あの方の妻になりたいって……。

「おまえ……」

「玖燁様……？」

ふたたび込みあげてきた嗚咽をこらえようと両手で唇を押さえた私に、玖燁様があきれたように口を開いたときだった。

私に伸ばされた玖燁様の手が、突然ぼっと火に包まれる。

「っ――」

驚いた私が、〈水〉の力を使う間もなかった。

舌打ちした玖燁様が手を払うように振ると、すぐに炎は消えた。

しかし次の瞬間、玖燁様は牀の柱に手をつき、どさりと私の隣に座りこんだ。

「や、火傷《やけど》をされたのですか……？　いま手当てを――」

「違う」

「まさか……これが火の病、なのですか……？」

『有りあまった力が自家中毒を起こして、俺自身を攻撃してしまう』

つまり、強すぎる龍の力のせいで、気を抜くと自分自身を燃やしてしまうというのだろうか。

だとしたら、なんて恐ろしい病なのだろう。そう思っていると、玖燁様が私の手をつかんでくる。

「あの……」

「黙ってろ」

そのままぎゅっと握られ、大きな手と素肌の感覚に私はなにも言えなくなる。

頭痛がひどいのか、玖燁様は私をつかんでいるのとは逆の手でずっとこめかみを押さえている。

なにもできないままその横顔をじっと見つめていると、やがて玖燁様は深い息を吐きだした。

「……大丈夫なのですか？」

おずおずと彼に訊ねる。

「ああ」

だけど、玖燁様の顔はまだ青白く見えた。

本当は、完全には治まっていないに違いない。

そう心配していると、なにやら考えこんでいる様子だった玖燁様が、唐突に立ちあがった。

「――出かけるぞ」

＊　＊　＊

「あ、あの、玖燁様。体調がお悪いのでしたら、部屋で休まれていたほうが……」

玖燁様に連れてこられたのは、北の森にある盤古の泉だった。

月明かりに照らされた泉はいつにもまして神秘的で美しかったけれど、どうしてこんなところに連れてこられたのかわからない。

「……玖燁様!?」

ふいに泉の前に膝をついた玖燁様に、私は思わず大きな声を出してしまう。

だって彼が、手にすくった水をすっと飲みほしたのだ。

「駄目です！　あのあともずっと泉を浄化してなくて、澱が溜まったままなんです！　吐き出してください」

「静かにしていろ」

しかし玖燁様は有無を言わさぬ口調で私を黙らせると、また泉水を口に運んでしまう。

二度、三度――。

固唾《かたず》を呑む私の前で、玖燁様はそれを繰り返す。そうしてようやく口を開いた。

「やはりなんともない」

「え？」

「この水を飲んでも、おかしなことにはならない。それどころか、さきほどまでひどかった頭痛がだいぶ治まった」

「本当ですか？」

「ああ。もしかしたら、俺の火の病に、この泉の水は効くのかもしれない」

たしかにここは、〈火〉に剋つとされている〈水〉の黒龍王家の聖域である。玖燁様の言うとおり、彼の身体のなかにありあまる〈火〉の力を鎮める効果があるのかもしれない。

「……おまえ、先帝が倒れたのは自分のせいだと言ったな。そのときは、どのくらいこの泉で祈ってなかったんだ？」

「たしか、半月ちょっとだったかと……玖燁様？」

唐突な問いに面食らいながら答えた私は、次の瞬間目をみはった。

少しの間、考えるように黙っていた玖燁様が、突然私の前に跪《ひざまず》いたからだ。

「俺の妃になれ、璃雨」

「っ……」

そう言われるのは何度目だろう。

だけど、これまでとどこか違うように響いたのは私の気のせいだろうか。

「いや、俺の妃になってくれ。生涯、おまえ以外の妾妃は持たないと誓ってもいい。だから――」

それどころか、これまでとは打って変わった懇願するような口調に、私は戸惑うばかりだ。

『おまえの母様に妃になってくれるようお願いしたのも、ここだった――』

懐かしそうにそう話すお父様の声が頭に響いて、ただ息を呑むことしかできない。

「……あんな男のことなんて、俺がすぐに忘れさせてやる。だから俺を選べ。けっしてもう辛い思いはさせないから」

真摯な眼差しに心が揺れた。

だけど――。

『相剋の妃とは、妃とは名ばかりの奴隷のようなものですもの!』

正妃様の嘲笑が耳の奥によみがえり、私はうなずくことができなかった。

「急なことはわかっている。だから正式な婚儀はまだ先でもかまわない。おまえの気持ちが伴わないなら、なにもしないと約束する」

「それで……大丈夫なのですか？　だって、相剋の妃を望まれているのは、強すぎる力を相殺させるためだって……」

『互いに食いあい龍の気を打ち消しあう相剋では、弱いほうは強いほうに蹂躙される もの。おまえはあの男と交わるたびに龍の気を奪われ、いずれは廃人のようにされる のが落ちでしょうよ！』

正妃様の言葉を思い出し、なおもためらっていると、玖燁様が私の手を取った。

「たしかに交接による交わりが、一番効率がいいのは事実だ。だが、こうして触れて いるだけでも、身の内に荒ぶって溜まっている龍の力が凪《な》ぐようで、かなり落ち着く。 だから、おまえが無理をする必要はない」

私の手をそっと包みこむ玖燁様の目に、嘘はない気がした。

「いまは、そばにいてくれるだけでいい。紅龍王の一族もみなおまえを歓迎するだろ う」

正直、玖燁様のことを怖いと思う気持ちが消えたわけではなかった。

だけど……。

「……私は、玖燁様のお役に立てるんですか？」

「当然だ」

いずれにしても、伯父様は柱国大将軍の地位と引きかえに、すでに私をこの方に差 し出してしまった。

もし玖燁様が私を必要としてくれるのならば、この手を取るべきではないだろうか。

「……お願いがあるんです。これからも、ときおりこの泉に来るのを許可していただけませんか？　父との、最後の約束だけは守りたいので……」

それは、いまの璃雨にとってせいいっぱいの言葉だった。

それがわかったのだろう。玖燁様がはじめて笑みを浮かべた。

「黒龍王に話をつけておこう」

笑うと、鋭い雰囲気がやわらかくなって、少し少年っぽく見える。

それに気づいて目をみはっていると、つながれた手を引き寄せられた。

膝をついていた玖燁様の胸に倒れこむ形になり、顔を上げられた私は焦ってしまう。

「……わ、私の気持ちが伴わないならって、さっき言ったばかりでは……？」

「だからまだなにもしていない」

「それは……」

やっぱり詭弁なのでは。そう思う間もなく玖燁様の腕にぐっと力が入った。

「許せよ、これくらいは」

どこまでも強引な玖燁様を拒否できず、私は覚悟を決めてぎゅっと目をつむるしかない。

だけど――。

「玖燁！　腹が減ったぞ！」

突如として耳元で聞こえた声に、私は悲鳴をあげたのだった。

第八章　一対の花嫁行列

「……この状況で割りこんでくるとは、おまえ、どういう了見だ？」

玖燁様の口から低い声が響いた。

彼が憤りを抑えているのは明らかなのに、突然現れた影から悪びれる様子はまったく伝わってこない。

「ああ悪い、邪魔したか！　はは、だけどおまえ、こんな野外でコトに及ぶなんて品がないぞ？」

「及んでないわ！」

いつも落ち着いて見える玖燁様が怒鳴ることなんてあるのか。

そう驚く余裕もなく、私は月明かりに照らされた黒い影をまじまじと見つめた。

「……ひつじ？」

私には、それは毛のもふもふとした羊に見えたのだ。

だけどどこかが違う。

しゃべっているし、大きいし、なにより牙がある……。

目を丸くする私に、男はちっちっち、と指――ならぬ蹄を振った。

「お嬢ちゃん、羊だなんて、そんなものと一緒にしないでくれよ」

「……こいつは饕餮《とうてつ》だ」

私へまわしていた腕を解き、いまいましそうに玖燁様が言う。

「トウテツ？」

それは、妖獣ではないだろうか。

たしか、ひどく食い意地が張っていて、なんでも食べてしまうという。その姿は、羊に似ていると聞いたことがあるけれども――。

「妖獣狩りの際に見つけたんだが、こいつだけは悪さをしないから放っておいたら、勝手についてきてな」

「玖燁についてったら、美味《うま》いもんが喰えるって直感したんだよなー。正解だったわ。俺ってば、見る目あるよなー」

「黙れ、この悪食め……！」

「そういうこと言う？　俺はいつだっておまえのために尽くしてるってのに」

「わっ……」

私が思わず声をもらしそうになったのは、ぼやいた影が羊に似た生き物から人型に変じたからだ。

長身で、褐色の肌に白に近い金髪をした美丈夫だったが、耳の上あたりに丸く巻いた角がある。

だけど、その角がなければ――。

「あ……もしかして紅龍王家の名代として宴にいた……？」

そういえば昼の宴のとき、褐色の肌に金髪の人を見かけて、めずらしいと思っていたのだ。

「そうそう。美味いものが喰えると思って出てやったんだよ。なんでも、たとえ天帝の使者であっても、こいつを天帝以外の下座につけるわけにはいかないってんでさ」

人間ってのは面倒なことを考えるよなあ、とトウテツは笑った。

「ひ、人を食べたりとかは――」

無害な妖獣を愛玩物《ペット》として飼う人がいるとは聞いたことがあるけれど、なんでも食べてしまうとされる饕餮は、凶悪な妖獣として恐れられているはず。

しかも玖燁様は彼を――彼と言っていいのかはわからないけれど――「悪食」だと言っていなかっただろうか。

「喰ってもいいけど、人肉ってあんまり美味《おい》しくないからなあ。俺ってこう見えて美食家《グルメ》なんで」

「なにが美食家だ、この悪食が！　それから何度も言っているが、人型になったときは角をしまっておけ！」

玖燁様がまた「悪食」と罵ったとたん、トウテツから角がしゅっと消えた。

「玖燁って冷たいよなあ。いつも同衾《どうきん》している仲なのにさ」

「誤解を招く言い方はよせ！」

「どうきん……」

つまり、一緒のお布団で眠ることだ。

玖燁様は本気で腹を立てたようだったけれど、私は妙に納得してしまった。

だって、こんなに急に妃になれだなんて、おかしな話だと思ったのだ。

「あ、あの！　怒らないでください、玖燁様！」

同性でもそういう関係になる人はいるというのは聞いたことがある。

この場合は相手が妖獣というほうが、より問題が大きいのかもしれないけれど。

ううん、だから玖燁様は私が必要なのよ――。

「大丈夫です！　私、ちゃんとお役に立ってみせますから！　おふたりの仲があやしまれないよう妃の役割を演じてみせます！」

「違う！」

強く否定され私がきょとんとしていると、玖燁様はまた頭痛がするとばかりに額を押さえた。

「俺は獣と交わる趣味はない。そもそもおまえを妃にすると言ったはずだ！」

「ええと、だから偽装ですよね？」

だから名目上の妃を求めているのかと……。

そう答えると、玖燁様はまた深く「ハア」とため息をついた。

「……とにかく、俺はおまえを迎えるために、明日の祭祀が終わったらいったん帝都の屋敷に戻る。準備があるし、調べたいこともあるからな」

「帝都？　玖燁様は紅龍王領にお住まいではないのですか？」

通常、龍王様たちは治めているそれぞれの領地で暮らすはずだ。黒龍王だったお父様も普段はそうだったし、伯父様もそうであるように。

「いずれはそうなるかもしれんが、いまは帝都の上屋敷にいる。即位したばかりの陛下を放っておくわけにはいかないからな」

私はそういうことかとうなずいた。

まだお若い天帝陛下が、後見である紅龍王——玖燁様をとても頼りにしているという噂は本当らしい。

「従者を何人か残す。……それでもこの城におまえを残していくのは気がかりではあるが……」

「心配しなくてもいいぞ。俺が残るから」

「ああ!?」

「この城では、美味そうなものがたくさん喰えそうだからなあ。まあ、おまえは俺がいなくて寂しいかもしれないが」

「ふざけ──いや」

玖燁様は取りあわずに少し考え、そして言った。

「……璃雨の寝室に入るな。それが条件だ」

とたんにトウテツが、不服そうにちろりと私を見る。

「ええ、駄目なの？　璃雨のも極上の匂いがするのに……」

「え……？」

どういう意味だろうと思う間もなかった。

「あたりまえだ！」

「まあ、いいか」

トウテツは玖燁様の怒声に肩をすくめると、また羊へと姿を変じた。

「あの……本当に人を食べたりしないのですよね？」

その吸いこまれてしまいそうな、闇の深淵《しんえん》を思わせる瞳に、私は一抹の不安を覚えてしまう。

「喰わないよー」

「あの、では誰かの迷惑になるようなことは……」

「ない。むしろ俺って、歓迎されてしかるべき存在だと思うけどなあ」

よくわからないが、人を食べたりはしないのならば、玖燁様が反対していないし大丈夫なのだろう。

「花嫁行列が出立するまでには戻ってくる」

私が自分をそう納得させたなか、そう言い残した玖燁様は、翌日帝都へと発《た》ったのだった。

＊　＊　＊

それから一週間は、すぐに過ぎ去っていった。

これまでなかなか行けなかった盤古の泉に通い、溜まってしまったすべての澱を清めていると、あっという間に帝都へ出発する日がやってくる。

「まったく、あいつ出立までには戻ってくるとか言いながら、帰ってこねえじゃねーか！」

人型になって従者のふりをしているトウテツが、「なに考えてやがんだ」と、饅頭《マントウ》をむぐむぐと頬張りながら毒づいた。

「きっとお忙しいのよ。仕方がないわ」

「璃雨は寛大だなー。ああいう男は、甘やかすとつけあがるぞ」

泣く子も黙る紅龍王に対してのその物言いに、私は思わず笑いが込みあげてしまう。

妖獣と聞いてはじめは緊張したけれど、トウテツは大部分の時間を毛のもふもふとした羊の姿で過ごしていて、慣れるととても愛嬌《あいきょう》があった。

しかもたいていの時間なにかを食べていて、口を開けば『腹が減った』とばかり言っている。まるで育ちざかりの少年のようだ。

「さあ、行きましょう？」

父との思い出のあるこの地を離れることに、寂しさを感じないと言えば嘘になる。だけど私はつとめて明るくトウテツに微笑んだ。

城門の前の広場に出ると、晴天に爆竹の音が鳴り響いている。

「伯父様かしら？」

邪気を払うとされているそれは、結婚に幸があるよう祈る風習だ。

これまで、あまりいい関係を結べなかった伯父ではあるが、花嫁《はなよめ》衣裳《いしょう》も用意してくれたし、最後くらいはと私を祝ってくれているのだろうか。

そう思っていたときだった。

「璃雨……！」

「……琇霞？」

私の名を呼んだのは、私と同じような花嫁衣裳をまとっていた従姉だった。

ああ、琇霞も今日嫁ぐのね。藍脩様に……。

吉日を選べば、嫁入りの日が重なるのも不思議ではない。

ではこの爆竹も、私ではなく、琇霞のために鳴らされたものなのだろう。

「私も、今日出立なの」

琇霞と会うのは、あれからはじめてだった。どのような顔をすればいいのかもわからないでいると、琇霞のほうからそう話しかけてくる。

「この間は取り乱してしまってごめんなさい、璃雨。私、どうかしていたんだわ」

琇霞の口から聞こえた謝罪に、私はほっとした。

やっぱり、あのときの琇霞はショックでどうかしてしまっていたのだ。

幼いころから一緒にいた彼女のやさしさに、嘘はないのだと。

「ううん、いいの。琇霞が怒るのも無理ないことだもの」

やっぱり私が未練がましく藍脩様に嫁ぐことを夢見ていたから、琇霞も口に出せなかったに違いない。

私は慌てて首を横に振り、琇霞の背後に見える何台もの馬車に目をやった。

そこに積まれた豪華な花嫁道具の数々を見ただけでわかる。これだけの調度は、一朝一夕で準備できるものではないのだから。

きっと、知らなかったのは私だけ。

琇霞が藍脩様の妃になることは、前から決まっていたことなのだ。

「琇霞も、ずっと藍脩様のことをお慕いしていたのよね？　私、ぜんぜん気づかなくて……。私のほうこそ、辛い思いをさせてしまって本当にごめんなさい」

ずっと好きだった相手が、ほかの女に言い寄っていたとなれば、誰だって平常心でいられるはずもない。

琇霞だって辛かったのだ。

「ありがとう、璃雨……。これからは、ともに帝都で暮らすことになるんですもの。いままでのように、ずっと仲良くしてほしいわ」

「帝都で？」

「ええ。藍脩様も、少し前から皇城でお役目をいただいているんですって」

龍王家の嫡子が、王位に就くまで天帝陛下にお仕えするのはたしかによくあることだ。

「ねえ、璃雨。私を許してくれるなら、帝都まで一緒に行ってくれない？　私、道のりが不安なの……」

「いいわ。あなたとなら、私もうれしいもの」

藍脩様への想いが消えたわけではない。

だけど琇霞がいなければ、父が亡くなってからの日々を生きていくことができなかったのも、また事実なのだから。

「ねえ、璃雨。こうして見ると私たち双子みたいね」

たしかに、それぞれ紅と蒼《あお》の花嫁衣裳を身にまとったふたりが並ぶと、まるで一対の花嫁が並んでいるように見える。

だけどいざ輿に乗ろうとすると、私たちの花嫁行列の差は歴然だった。

豪華絢爛《ごうかけんらん》な琇霞の行列に比べ、もとよりたいした私物など持っていない私は、必要最低限の身の回りのものを櫃《ひつ》に入れて持参しただけだ。そのため花嫁道具と言えるものもなく、貧相な行列になってしまっている。

あきらかに差のある花嫁行列で帝都へ入ったら、私の一行は人々の目にはさぞかしみすぼらしく映るに違いない。

私はかまわないけれど、これでは玖燁様に申し訳ない――。

内心でそう思いながら、輿に乗ろうとしたときだった。

「ああ、来た来た！　遅いぞ！」

「玖燁様……？」

トウテツの声に振り向いた私は、あっと驚いた。

都へ戻ったはずの玖燁が、馬に乗ってこちらに向かってくる姿が見えたからである。

「待たせた、璃雨」

帝都で会えるはずなのに、本当にわざわざ来てくださったのだ。

そう驚きながら私が駆け寄ると、ひらりと馬から降りた玖燁様に抱きしめられた。

「く、玖燁様……」

「ああ、すまん、つい。ちょっとおまえが足りなかったのだ」

焦ってしまったけれど、私に触れると火の力が鎮まって身体が楽になるとおっしゃっていたので、きっとそういうことだろう。

「遅かったじゃないか。なにしてたんだ？」

「どうせこうなると思って、紅龍王家でいろいろ準備させてきたんだ」

背後をちらりと一瞥《いちべつ》した玖燁様の視線を追って、私は目をみはってしまった。

そこには、紅い色絹で飾られた豪華な輿があり、いくつもの櫃を載せた馬車が続いていたからだ。

「ありがとうございます」

なんて立派な花嫁道具だろう。

紅龍王家のためだろうが、だけどそれ以上に私に恥をかかせないようにという気遣いのようにも感じられて、彼の心がうれしかった。

「しかし舐《な》めた真似《まね》をするものだ。紅龍王家を馬鹿にしているとしか思えん」

玖燁の話しぶりでは、まるで琇霞や伯父様たちが、わざとそうしたかのようで、私は慌てて否定した。

「そんなつもりはなかったのだと思います。なにぶん、私のほうは急だったので」

「おまえはまた……まあ、いい。行くぞ」

「……はい」

差し出された手を素直に取り、私は美しく飾られた輿へ乗りこんだ。

そして玖燁様の先導で、帝都へ出立したのだった。

＊　＊　＊

「ありえない、ありえないわ！」

輿のなかで叫んだのは琇霞だった。

「これじゃあ、私のほうが引き立て役じゃないの！」

紅龍王に先導された紅い花嫁行列は、豪奢《ごうしゃ》で華やかで、誰もが目を奪われんばかりの輝かしさだった。

対して琇霞の青い花嫁行列は、きらびやかであるものの花婿は代理の者が立てられ、花嫁道具も向こうに比べれば見劣りしているのはあきらかである。

「璃雨に惨めさを味わわせてやりたくて、似た花嫁衣裳をやって出立日も合わせたっていうのに！　これじゃあ、立場が逆じゃない！」

「しっ、姫様！　お静まりくださいませ……！」

徒歩で付き従っている梗蓮が、輿の横からあわてて琇霞をなだめる。

「いまは耐えてくださいませ。どうせあの娘は紅龍王に蹂躙され、廃人同様にされるのですから」

「わかってるわよ！」

しかしそれでも悔しくてならなかった。

紅龍王家の財力が、龍王家のなかでも飛びぬけているという話は本当のようだ。

「許さないわ。一瞬でも、璃雨が私よりいい思いをするなんて」

ぶるぶると震えながら爪を噛む。

『よいですか？　正統な黒龍王家の姫はそなたなのです。本来であれば、妾《わたくし》という相生の妃を得たお父上が黒龍王となられるはずだったのですからね』

幼いころから、事あるごとに母に言われていた。

『それなのに、あの人ときたら弟に王位を奪われるなんて！　おかげでこの妾は、流民の女の風下に立たねばならなかったのですよ！』

「いい気になっていられるのもいまだけよ。見てなさい、璃雨……！」

この借りはぜったいに返すと、琇霞はつぶやいた。

あんたのものなんて、ひとつひとつ全部奪ってやるんだから——と。

第九章　紅龍王家にて

その日は、夕方から激しい雨が降っていた。

城中から人が出払っていて、部屋にいるのは私と、年配のごくわずかな侍女たちだけだった。

みな、昼過ぎから姿が見えないお母様を探しに行っていたから――。

『お父様はまだお戻りにならないの？』

窓の外では雨粒が木々の葉をうるさいほどに叩いている。静まりかえった室内に響くその音に不安を抑えられなくなり、そう訊ねたのは何度目だろう。

侍女が答えようとした瞬間、どこかで雷鳴が轟《とどろ》いた。まだ幼かった私は、思わず身体を縮こまらせ、急いで布団のなかに潜りこむ。

そうしてどのくらい経《た》っただろう。

うとうとしかけたとき、ようやく外門のほうで騒がしい気配がした。

『お父様が帰ってきたのね！』

『お待ちください、姫様！　行ってはなりませぬ！』

飛び起きた私を制止する侍女たちの声。

私はかまわず、裸足《はだし》のまま部屋を駆けだした。城内のざわめきが、いつもと違う不穏な空気を孕《はら》んでいることなど気づきもしないで。

『お帰りなさい、お父様。お母様は見つかっ——』

途中で言葉が途切れたのは、ずぶぬれになったお父様の姿に驚いたからだけではなかった。

『お母様……？』

お父様の腕には、お母様が力なく横たわっていたのだ。

そしてその身体からは、すでに命の息吹は感じることができなかった——。


「ふ——」

私は大きく息を吸いこんだ。

久しぶりにあの夢を見た。

北の森で、お母様が遺体で発見されたときの——。

薬草を摘みに出かけたあとで雨が降りはじめ、運悪く濡れた岩場で足を滑らせたのだろう。

そう、まわりの大人たちが話していたのを覚えている。

思えば、あれからお父様はさらに私を甘やかすようになった気がする。

私がこのときの夢を見て泣くたびに、すぐに駆けつけてきては一緒に寝てくれるようにもなって――。

寝返りを打ってあたたかな体温にすり寄ると、私を抱きしめるようにまわされていた腕にさらに引き寄せられる。

「お父様……」

だけど、その堅い身体の感触に、私ははっと我に返った。

――違う。お父様は亡くなったんだもの。

「っ」

ぱちりと目を開いた私は、目の前にあった顔に思わずひゅっと息を呑んだ。

「く、玖燁様……っ!?」

そこにあったのは、玖燁様の整ったお顔だった。

しかも彼の腕は、夢うつつに感じていたとおり、私を抱きすくめるようにまわされていて。

私のもらした声に、その目蓋がゆっくりと開き――。

「……ああ、起きたのか」

その瞬間、こらえきれない悲鳴が私の口から飛び出したのだった。


「す、すみません、すみません」

朝食が運ばれてきても耳を押さえている玖燁に、私はぺこぺこと頭を下げた。

「でも、その……まさか一緒の牀で寝ているなんて……」

帝都の上屋敷に到着したのは、昨日の夕刻。長時間の移動で疲れてしまっていた私は、部屋に案内されたあとすぐに寝てしまったのだ。

正式な婚儀は迎えていなくとも、妃として輿入れしてきた以上、そのような振る舞いは許されなかったのかもしれない。けれど玖燁様が『おまえの気持ちが伴わないなら、なにもしない』と約束してくれていたので、私はなにも考えずに眠りについてしまって――。

「だからまだなにもしてないじゃないか」

「な、なにもって……」

私の戸惑いが顔に出ていたのか、しれっとした表情でそう返す玖燁様に、私は口をはくはくとさせてしまう。

「べつに服を脱がせたわけじゃなし」

「あ、あたりまえです！　そんな恥ずかしいことされたら生きていけません！」

「いまさらだろう。泉で見てるのに」

「え？」

ぼそりとつぶやかれた言葉に、私は耳を疑った。

もしかしてそれは盤古の泉ではじめて会ったときのことだろうか。

たしかにあのときは、誰もいないと思って服を脱いでしまっていて――。

「く、玖燁様、よく見えなかったって……」

「冗談だ！　見ていない！」

ショックで思わず涙をにじませてしまうと、玖燁様が慌てたようにガタリと席を立った。

「……本当ですか？」

「いや、だから、だな……」

わずかに視線をそらした玖燁様は、こほんと咳払《せきばら》いした。

「驚かせて悪かったと思わないわけではないが……、おかげで今朝の俺はとても調子がいい」

「あ……」

そうだった。

玖燁様は私に触れていると、火の力が鎮まって苦痛がやわらぐとおっしゃっていたのだ。

「あ、あの、わかりました。私でお役に立てることでしたら、なんでもしますので」

だとしたら、恥ずかしがっている場合ではない。

だけどそう私がうなずいたとたん、「そうか？」と言った玖燁の口の端が少し上がった気がして、はやくも後悔しかける。

もしかして、大胆なことを言ってしまったのだろうかと。

そう焦りながら、卓子に並んでいた朝食を口に放りこみ――。

「美味しい……」

私は思わず口元に手をやった。

「ならよかった。俺は普段、朝はあんまり食わんから、簡単なもので悪いと思っていたんだが……。黒龍王領では、それほど米を食さないと聞いていたしな」

「とんでもないです！」

私は首をぶんぶんと横に振った。

たしかに卓子に並んでいたのは、とくべつに手がこんでいるわけではない、気取らない朝食だ。

だけど、とろとろに煮込まれた粥《かゆ》からは黄酒《おうしゅ》がかすかに香り、添えられた皮蛋《ピータン》や、蒸《む》し鶏《どり》、アワビなどの菜も丁寧に作りこまれていて絶品だった。

「たしかに黒龍王領では小麦が主食なので、朝食には饅頭とか包子《パオズ》が出ることが多いですが、そもそも私はそういったものは食べなかったですし……」

お父様が亡くなってからは、与えられたとしても簡素な油条《揚げパン》くらいで、朝食が全くない日も多かった。

だからこそ、慣れないけれど満ち足りた朝食に感動する。

あたたかな粥がとろりと腹に落ちると、どこかほっとした気持ちになるのはなぜだろう。

もう、笞で打たれることもないんだ……。

そう思ったら、胸にどっと安堵が押し寄せてきた。

「……本当に美味しいです」

そしてそれ以上に、円い卓子に誰かと向かいあって食事をとる――こんな時間はいつぶりだろうと、私は胸が熱くなった。

「そうか」

玖燁様が静かにうなずく。

その口元に浮かんだかすかな笑みを目にしたとたん、気持ちがあふれてきた。この方のお役に立ちたいと。

玖燁様が私に大きな安心を下さったように、この方の病を、少しでも軽くして差し上げられたら――。

「あの、なにか……?」

だけど頬杖《ほおづえ》をついた玖燁がこちらを見つめていることに気づいて、私は思わず箸を止めてしまう。

「ん? いや、一生懸命食べているところがかわいいと思って」

「可愛《かわい》……っ!?」

そんなこと、若君にも言われたことがなかった。

どう反応していいかわからずあわあわしていると、玖燁が立ちあがった。

「おまえはゆっくり食べていろ。俺は皇城に行ってくる。今日はできるだけはやく帰ってくるから」

そうだわ。玖燁様は、天帝陛下の叔父君として頼りにされているだけじゃなくて、柱国大将軍としてもお忙しくされているのだ。

「じゃあ行ってくる」

「行ってらっしゃいま――」

顔を上げた瞬間に口づけられた。

「玖燁様……！」

油断も隙もなかった。

ははは、と笑って出ていく玖燁に、私は顔が熱くてならなかった。

＊　＊　＊

玖燁様のお役に立ちたい。

その気持ちは、時間が経てば経つほどどんどん大きくなっていくけれど、私はいったいなにをしたらいいのだろう。

長椅子に座りながら朝のことを思い出していると、私の心に後悔がにじんできた。

本当は昨晩、起きていなければならなかったんじゃないのって。

玖燁様はおやさしいから、黒龍王家を追い出された身である私にも、きっと無理を強いるようなことはされない。

でも玖燁様は、相剋の妃を求めていらっしゃるのだ。口には出されないけれど、お身体だってお辛いはず……。

『おかげで今朝の俺はとても調子がいい』

やっぱり、玖燁様がなんとおっしゃってくださっても、私はきちんと勤めを果たすべきだったのだ。

だけど……。

煮えきらない自分自身を奮い立たせたくて、私はパンッと両手のひらで頬を叩いた。

「くよくよしてたってはじまらないわ。せめて、ご迷惑にならないようにしなくちゃ」

そう思った私は、とりあえず自分の部屋の掃除からはじめることにした。

龍の力を使って空中から水の粒子を集めれば、わざわざ水を汲《く》みにいかなくてもいい。そのため私は、どんなところも人よりはやくきれいにする自信があったからだ。

だけど——。

「い、いけません、お妃様！」

さっそく窓を拭いていると、悲鳴のような声が聞こえて、私はびくりとしてしまった。

振り向くと、部屋に入ってきたばかりと思われる侍女たちが、慌ててこちらに駆けてくる。

「あ、あの、なにかまずかったでしょうか？」

「そのようなことは、わたくしどもがやりますので！」

びくびくと訊ねると、侍女のひとりがそう言った。

「あ、でも、手が空いているので、やってしまおうかと……。私が使わせていただいている部屋ですし」

正式な婚儀を迎えてもいないのに、「お妃様」と呼ばれることに戸惑いながら、そう話したのだけれど――。

「とんでもございませんわ！」

たちまち握っていた布巾を奪いとられてしまう。

「で、では、ほかにお手伝いすることは……お洗濯とか――」

「いいえ！　お妃様にそんなことをさせては、わたくしどもが殿に叱られてしまいます！」

集めようとした敷布まで取り上げられてしまい、私は途方に暮れそうになった。

「じゃあ、私はなにをすれば……」

「お妃様は、こちらに座っていてくださいまし！」

訊ねると、部屋の椅子に座らせられ、ドンッとお菓子が出された。

いろいろな餡《あん》がつめられた月餅は頬が落ちそうなほど美味しかったけれど、これまで寝る時間も満足に与えられずに絹を織らされていた生活とはあまりに違いすぎて落ち着かない。

「お妃様は、なにも気にせず、どーんと座っていてくだされればよろしいのですわ」

一番年嵩《としかさ》と思われる侍女——たしか娟寧《けんねい》と名乗っていた——が、にこにことしながらお茶を淹《い》れてくれる。

「でも、みなさん忙しくお仕事されているのに、申し訳ないです」

「とんでもないことですわ！　それにお妃様には、ほかにしていただかなければならないことがあるのです！」

自分にも、できることがある。それを聞いて私はほっとした。

けれど——。


「あ、あの……これは——」

ぞろぞろと部屋に入れられたのは、たくさんの衣だった。それに簪《かんざし》や首飾り、腕環などの宝玉たち——。

しかも、目の利かない私でもわかる。それらの品々がとても高価で、それこそ琇霞が身に着けていたものなどに比べてもとても上質だということが。

どうしていいかわからずあわあわしていると、それらをテキパキと部屋のなかに片づけていく侍女たちが口々に言った。

「殿からですわ。帝都で暮らしていくのに必要なものを、とりあえず最低限そろえておくようにとおっしゃったので」

「お妃様をお迎えにいく前に、ご自身で選ばれていた品もあるんですよ」

「そうそう。好みがあるだろうからと、あとはお妃様がこの上屋敷に到着されたあとご自身であつらえたり、取り寄せたりすればよいと」

「最低限って……」

こんなにあったら、何年かかっても身に着けきれないのでは……。

「今後、天帝陛下のもとへお出ましになるときや、ほかの家門の方々とお会いになるときにも必要ですから。あって困るというものではありませんわ」

「……そういうもの、なんですね」

つまり私がみすぼらしい格好をしていると、玖燁様が恥をかくということなのだろう。

「でも、なにもしていないのに、こんなたくさんの品々をいただくなんて……」

「なにもしていないだなんて、とんでもないことです！」

まだなんのお役にも立てていない。それなのに私などにお金を使わせてしまうことが申し訳なくて私が口ごもっていると、娟寧は首を横に振った。

「お妃様は、わたくしどもの命の恩人なのですから」

「え？」

意味がわからなくて私は目を瞬かせる。しかしまわりの侍女たちも、みな一様にうんうんとうなずいている。

「殿から伺ったのです。この絹はお妃様が織られたものだって」

娟寧が袖の下から内衣を引き出して見せてくれる。その布地は、たしかに私が水の龍の加護を祈って織ったものだったので、少し驚きながらうなずいた。

「どうしてこれを……？」

「お妃様は、殿の……お母君の噂をお聞きになったことがあるでしょうか」

「それは……」

母殺し――。

玖燁様の異名を思いだし、私は唇を引き結んだ。

「お母君の死は、けっして世間で噂されているようなものではありません。実はあのとき、お母君――先代のお妃様はすでに火の病に冒されていて、長くないことがわかっていたのです」

「まあ……」

私は言葉を失ってしまった。

火の病――紅龍王家の家系的な病だというそれは、〈火〉の力が強すぎるがゆえに、放っておくと自分自身さえ燃やしてしまう病らしい。

『この百年の間、紅龍王家の者に短命な者が多いのも、この力のせいだ。血族間で婚姻を結んだ父母も……姉もみなこの病にかかっていた』

たしかに玖燁様は、そう話していた。

「いずれ来るお母君の死を受け入れていたように見えても、幼かった殿は、やはり動揺されていたんでしょう。ある日倒れられたお母君を前にご自分の力を制御しきれなくなって、この屋敷で火事を起こしてしまったんです。同じように〈火〉の力をお持ちだったお母君は、最後の力をふりしぼって消火にあたられまして……」

「それで、亡くなられたんですか？」

玖燁様の起こしてしまった火事を消すために、お母様が力尽きて亡くなった——。だとしたら、幼かった玖燁様は、どれほど苦しんだことだろう。

「それ以来、殿はみずからの力を制御することに、さらに腐心なさるようになって……。もし暴発してしまっても、まわりに被害が出ないように、いつも心を砕いていらっしゃいます。それこそ、わたくしどものような使用人にまで……」

「そうなんです！　水の加護がある布があると聞きつけた殿は、万一のときのことを考えて、すぐにそれを買い集めてくださったんです」

「ふつうの絹でさえ、私たち使用人にとっては贅沢《ぜいたく》なものですのに……。それで仕立てた内衣を下さっていたおかげで、あのときもみんな炎に呑まれることなく助かったんです」

「あのとき……？」

私が首をかしげると、ふたたび娟寧が説明してくれる。

「……殿の姉君が、亡くなられた命日でした。やはり、いろいろ思い出されて、お気持ちが揺れてらしたのでしょう」

「もしお妃様がいらっしゃらなかったら、私はあの火事で焼け死んでいたかもしれないんです！」

「わたしもです。だからこの絹を織ってくださった方をお妃様に迎えると聞いて、みんなよろこんでいるんです。どうかお気兼ねなく、お過ごしください」

ひとりひとりが、そう言って私に礼を言ってくれる。

うれしかった。

黒龍王家では、逆賊の娘だと罵られながら、ずっと無理やり機織りをさせられていた。

でもそれが、こうして誰かの役に立っていたなんて――。

そう思ったら、私の心の奥に、はじめてなにか温かなものが灯《とも》ったのだった。

第十章　華胥の匂い

「あれ、もしかしておまえ寝不足なの？」

皇城で最低限の仕事をすませ早々に帰路につこうとした玖燁に、従者のふりをして待っていたトウテツがひらひらと手を振った。

どうやら、玖燁があくびを嚙み殺したことに目ざとく気づいたようだ。

「ああ、俺が昨夜は一緒じゃなかったからか。まったくおまえときたら、俺がいないと駄目な身体だなあ」

「違う」

みずからの顎をなでながらニヤニヤする妖獣を一蹴し、玖燁は馬に跨がる。

そのまま皇城の門から出ると、トウテツが慌てて馬を操り追いかけてきた。

「ってことは……そうか！　そうだよな。昨夜、お嬢ちゃんとめえめえ、じゃない。にゃんにゃんしてたからか」

「……違う」

「ええ!? まさかまだなのか!? せっかく俺が気を利かせて部屋に入らないようにしてやったってのに! なんでさっさと喰っちまわないんだよ!」

「おまえら獣と一緒にするな!」

とうとうこらえきれずに、玖燁は声を荒らげた。

「うわ、すっごい差別発言。欲求不満で眠れなかったからって、あたるなよなあ」

自分からからんできているくせに、その言いぐさはなんなのだと、玖燁はトウテツのぼやきを無視した。

人の害にならないならばとこれまで放っておいたが、いいかげんこの面倒な妖獣をどうにかしてしまいたいと。

「璃雨は……父親である前黒龍王を亡くしたあと、あの城で長年ひどい目に遭ってたんだ。いまはただ安心させてやりたいだけだ」

玖燁自身、ようやく怯えられずに話してもらえるようになったばかりである。

少しずつ笑顔も見せてくれるようになったというのに、焦るのは禁物だ。

「それに、そう簡単に事に及ぶわけにもいかんだろう……!」

わかっているくせに言うなと、玖燁は苛立ちながら髪をかきあげた。

『こうして触れているだけでも、身の内に荒ぶって溜まっている龍の力が凪ぐようで、かなり落ち着く』

璃雨に言ったあれは、半分は事実だが、半分は嘘だ。

軽減されるのは事実だが、それだけで足りるわけがない。

だが相剋は、確実に弱いほうの身体を蝕む。

だから加減は大事だし、あまり無理はさせたくない。

「偽善だなあ。自分でお嬢ちゃんを相剋の妃にすると決めときながら、いまさらなにを言ってんだ？」

あきれたようなトウテツの言葉を、玖燁は否定できなかった。

正直はじめは、そこまで考えていなかったのだ。ただ日々が苦痛で、それから逃れることしか頭になくて。

そもそも妃を迎えようとしたのは、紅龍王家の最後のひとりとなってしまった上に、火の病も年々ひどくなり、このままでは世継ぎ問題からは逃れられないと覚悟を決めたからだ。

だが火の病に蝕まれている以上、延命のためにも迎えるとしたら、相手は相剋の妃以外には考えられない。

それに玖燁の力が暴走してしまっても、〈水〉の龍の力を持つ娘ならば、最低限自分の身くらいは守れるはずだろうと。

「そんなに悩むんだったら、もうひとりの娘で手を打っちまえばよかったのに」

トウテツの言うとおり、はじめに相剋の妃に迎えようと考えていたのは、現黒龍王家の姫――琇霞だった。

できるかぎり負担をかけないように扱い、最低限の義務を果たしてもらえば、あとは自由にさせておけばいい。そう考え、どのような娘であってもかまわないと。

しかし――。

「あれでは相剋どころではない。いざ俺の力が暴発してしまったときに、自分の身を守れるかも怪しい力しかないじゃないか」

だからこそ玖燁は、妃を迎えることをあきらめて、一度は帰ろうとしたのだ。

だがそこで、璃雨に逢《あ》った――。

はじめて盤古の泉で彼女を目にしたときは、身体中傷だらけで、痛々しさに目が離せなかっただけだった。

だが彼女が泉に身を浸したとたんすぐに傷は治り、その奇跡のような光景に驚いた。

そして玖燁は、その仙女のような美しさにしばし見惚れていたのだ。

一糸まとわぬ姿で水とたわむれる璃雨は、まるで一幅の絵のようで――。

だが、それが前黒龍王の娘――姉の仇《かたき》であると知った瞬間、その思いは黒く塗りつぶされ、昏《くら》い欲求となって璃雨に向かったのだ。

逆賊の娘――。

姉の仇──。

しかも本人が、すべては自分の罪だと言っている。

この娘にならなにをしてもよいとさえ考え、身体に負担のかかる相剋の妃に据えるにも好都合とさえ、玖燁は思ってしまった。

犯した罪のぶんだけ、すべてを奪いつくしてやればよい──と。

しかし泉の水を飲んでも体調が変わらず、それが毒でないとわかった瞬間、玖燁は確信したのだ。

先代の黒龍王がおそらく何者かに陥れられたこと。

璃雨にはなんの罪もないこと。

にもかかわらず、彼女がひどい罪悪感を抱えていること。

すべてがつながったとたん、それまで抑えつけていた璃雨への感情が、堰《せき》を切ったようにあふれだした。

自分を責めるだけで、常に誰かの役に立とうとし、玖燁のことも思いやろうとする。

そのけなげさも、触れているだけで感じる心地よさも、すべてが愛《いと》おしかった。

だからこそ、そのときにはもう、負担があるとわかっていても彼女以外の妃など考えられなくなってしまったのだ。

「本当は、俺のもとになど連れてこず、あの黒龍王家から解放してやるだけでよかったんだろうが……」

きっとそれが、彼女にとっての最良だったに違いない。

だがそうとわかっていても、いまさら手放せない。

だからこそ、無理強いだけはしたくなかった。

「どうかねえ。案外大丈夫な気がするけど」

「適当なことを言うな」

能天気なことを言うトウテツを、玖燁はにらみつけた。

「だってあのお嬢ちゃん、人間にはわからんかもしれんが、華胥《かしょ》の匂いがすんだよ」

「華胥？　西北の果てにあるとかなんとか言われているあれか？」

人はみな長寿で、争いもなく、すべてが自然のままだとされる理想郷――それが華胥だ。

「訪れた人の話などはいくつか言い伝えられているが、本当にそんな国が存在するのか？」

「するよ。ただ行こうとして行ける場所にはない。それとは逆に、ときおり向こうの住人がこちらに迷いこむこともある」

「……たしか、璃雨の母は龍王家の出ではなく、流民だと言っていたな」

もしその母が華胥からの迷い人であったなら、つじつまは合うかもしれない。

「盤古の泉との親和性が高いのも、そのせいか？」

「かもねぇ。そもそもこっちとは時間の流れが違うから、あちらでは太古の神々の血が、こちらほど薄れていないんだ。あのお嬢ちゃんの力がそれなりに強いのも、そのわりに身体への負担がないのも、そのせいじゃないかね」

力が強い――。

そうだ。玖燁の力を打ち消すことができるのは、それだけ璃雨の力も強いからだ。泉ではじめて会ったときのように、たびたび〈水〉の力が制御できなくなるのもそのせいだろう。

にもかかわらず、玖燁と違い巨大な力に耐えきれるだけの身体をしているということか。

「だから安心しろって」

「……なにがだ？」

「だから、おまえのせいでお嬢ちゃんの身体が壊れちまうかもって心配しているんだろ？　相剋だろうがなんだろうが、そうやすやすと、おまえの力に消耗させられるようなことはないだろうよ」

トウテツはそう言ってニッと笑う。

「華胥……か」

それを放置し、玖燁は口のなかでそうつぶやいたのだった。

＊　＊　＊

「やだあ、もしかしてまた新しい女が来たの？」

「藍脩様も困った方ねえ。これで何人目の妾かしら」

「しっ。ご正妃様なんだって。そんな口を利いちゃ駄目よう」

朝食をとっていた琇霞のもとに乱入してきたのは、派手な化粧に、華美な衣、そして甘ったるい匂いをさせた女たちだった。

女たちは驚いている琇霞を品定めするような目で眺め、くすくすと笑いながらすぐに出ていった。

「……どういうことよ」

「姫様……」

呆然としていた琇霞は、気づかわしげな視線を向けてくる梗蓮に、はっと我に返った。

わなわなとした震えが湧いてきて、女たちが消えた扉へ力いっぱいクッションを投げつける。

「あの男……！　清潔そうな顔をして、もうあんなに妾妃を抱えていたってこと!?」

父である黒龍王の後宮にも妾妃はたくさんいた。正妃である母とはそれでよく言い争っていたから、琇霞もある程度のことは予想していた。

とはいえ――。

「まさか龍王位を継ぐ前からだなんて、どれだけ女好きなのよ!?」

藍脩の乱行ぶりに、怒りが収まらない。

（そういえば璃雨のことだって添嫁にして、私と一緒に連れてこようとしていた男だもの！　なんて油断がならないの!?）

イライラと朝食のスープを口に運んだ琇霞だったが、今度はその匙《さじ》を卓子に叩きつけた。

「なによこれ！　甘ったるすぎて飲めたもんじゃないわ！」

「も、申し訳ありません！」

給仕していた侍女が慌てて床に膝をつく。すぐに皿を下げさせるが、琇霞の苛立ちは収まらなかった。

「琇霞？　どうかしたのかい？」

騒ぎを聞きつけたらしい藍脩が、部屋へとやってくる。

「スープが甘くて、口に合いませんでしたの。いいえ、ほかのものもみな甘すぎて辟《へき》易《えき》しておりますわ」

黒龍王領でトウモロコシのスープといえば、鶏ガラを使ったあっさりとした味つけなのに、どうしてこんなに甘くしているのか。

いや、それ以外だってどの品もやたらと甘すぎて、耐えられたものじゃない。

青龍王家の者の舌はどうなっているのだろう。

「あ～、青龍王領では、甘い味が好まれるからね。君は僕の妃になったんだから、慣れておくれよ」

悪びれることなく自分たちの好みを押しつける藍脩に琇霞は眉をひそめたが、それ以上は口にしなかった。それよりもっと重要な話があるからだ。

「……藍脩様。妾妃たちが、さきほどここに来ましたわ」

「ああ、もう会ったのかい？　紹介の手間が省けたよ」

なじるつもりで言ったのに、藍脩はそう笑うだけだった。

「あの女たちは、正妃である私に向かって無礼な口を利いて、私、とても不快な思いをしましたのよ!?」

「ごめん、ごめん。僕から言っておくから。でも、これからずっと一緒に暮らしていくんだから、君もうまくやってくれよ」

「これから？　ずっと⁉」

（冗談じゃないわよ！）

心のなかで叫んだのが顔に出たのだろう。藍脩が逃げるように部屋を出ようとする。

「じゃあ、そういうことで。僕はこれから出かけるからね」

「お待ちくださいませ！」

こちらの不満にまったく取りあおうとしない藍脩の態度に腹が立つ。しかし琇霞は、つとめて冷静に言った。

「針子を呼んでほしいのです。それから出入りの商人に連絡してくださいませ」

まずい食事に我慢するだけでなく、妾妃まで大量にいたのだ。せめてこれくらいは聞いてもらわなければ割に合わないと。

「針子を？」

「帝都に来たのですから、ふさわしい装いが必要ですわ。次期青龍王の正妃となれば、ときには皇城に上がることもありますでしょう？　簪や耳飾りだって、いくつあっても足りませんもの」

「あ～、そういうのについては、また今度話そう。じゃあね」

「またでは間に合いませんわ」

またもや逃げようとする藍脩に、琇霞は食い下がった。

「こんなにたくさんの衣服を持っているのだから、新しいものを仕立てる必要なんてないじゃないか。古いのを捨てたらもったいないよ」

「え？」

「それに僕は、民の手本となるように、質素倹約を心がけているからね。じゃあ、これでこの話は終わりだよ」

「……質素倹約を心がけている？　あんなに妾妃を囲っておきながら？　それに、あの女たちはみな、きらびやかな衣服を身に着けていたではありませんか！」

「ああもう、うるさいなあ。璃雨だったら、そんな文句も言わなかっただろうに」

「なっ……」

琇霞は二の句が継げなくなった。

その隙に出ていった藍脩の背中を見送り我に返ると、ふつふつとした怒りが湧きあがってくる。

(私を璃雨と比べるなんて！)

「姫様……、もしやなのですが、青龍王家は、あまり裕福ではないのでは……」

「そ、そんなはずないでしょ！」

どことなく古く、時代遅れの印象を受ける家具を見まわした梗蓮を、琇霞は、きっ、とにらみつけた。

これから龍王の正妃として、豊かで自由気ままな暮らしを送るのだ。それなのにお金がないなんて、悪夢でしかないではないか。

そう思っていると、一度退室した藍脩が、すぐに戻ってきた。

「ああ、琇霞。忘れていたよ」

「まあ、なんでしょう？」

きっと不快な思いをさせた妃の機嫌を取るために戻ってきたのだろう。贈り物かなにかに違いないと、琇霞はぱあと顔を輝かせた。

（そういうことなら、仕方がないけど許してあげるわ）

しかし――。

「さっそくだけど、君に絹を織ってほしいんだ。黒龍王城にいたときみたいに」

「……は？」

「君の絹は、水の加護があるということで、とても評判がいいからね。隣に織り機を入れてあるから、君の自由に使ってくれていいよ。まずは三反ほど、急ぎで織ってくれないかい？」

絹なんて織れるはずない。琇霞の手によるとされているものはすべて、璃雨が織っていたのだから。

「いえ、あの、その、今日は指の調子が悪くて……」

「ええ、そうなのかい？　はやく織ってくれよ？　買いたいという人がたくさんいるんだから」

それだけ言うと、今度こそ藍脩は部屋を出ていってしまった。

薄布で仕切られた隣の部屋に行くと、本当に織り機が鎮座していて、その近くには絹糸が山と積まれている。

琇霞は呆然とした。

「もしかして私、とんだハズレを引いてしまった……？」

「姫様……」

痛ましそうに見つめてくる梗蓮の視線に、ますます感情を逆なでされる。

握りしめた手がぶるぶると震えた。

「なんで私がこんな目に……！　これもぜんぶ、璃雨のせいよ！」

そうだ。なにもかもすべて、璃雨が悪いのだ。

＊　＊　＊

「へえ？　じゃあ、やっぱり、お嬢ちゃんの父親は陥れられたってことなのかよ」

「いまとなっては、そうとしか思えない。璃雨は自分のせいで、盤古の泉の水が毒に変質したんだと言っていたが、俺が飲んだとき、なんの異変も起きなかった。同じような期間、泉を浄化できていなかったにもかかわらず、だ」

上屋敷に戻ったときには、すでに昼をまわっていた。

玖燁は、鞍から降りながら、あの泉水を口に含んだときの不可思議な感覚を思い出す。

あのとき、異変どころか、火の病のせいで感じていた苦痛が急速にやわらいだのだ。

「あの泉の水は、たしかに〈水〉の龍の気にあふれている。やはり前黒龍王が泉水を献上していたのは、二心《ふたごころ》なく姉上の火の病に効くと思ってのことだったんだろう」

（とはいえ……、姉上には思った以上の効果は出なかったのかもしれないがな）

玖燁が身をもって試したところ、盤古の泉の水は間違いなく火の病に効くが、泉から汲んで時間が経つにしたがって効力は落ちていくように感じたからだ。

「んー。ってことは、その水がどこかですり替えられたってことか？」

「そうだ。だとしたら、前黒龍王が罪を認めずに、屋敷に立て籠もったのも理解できる。時間をかせいで、その間に潔白を証明しようとしたんだろう。だがそうしているうちに、自害に見せかけて殺された。おそらく、兄であるいまの黒龍王に――」

実際に当時、前黒龍王の立て籠もっていた屋敷を取り囲んだのは現黒龍王である。

「まあたしかに、璃雨の父親が逆賊として死んで一番得をしたのは、あの黒龍王だもんなあ」

龍王位を得るためには、謀反人の一味と思われるわけにはいかないし、だからといって弟殺しと後ろ指も指されたくない。

そこで兵で屋敷を取り囲んだ上で、屋敷内に侵入して弟を殺害し、「謀反に失敗したために自害した」と報告したのだろう。

「ああ、でもいまの黒龍王が璃雨の父親を陥れたっていうんだったら、その天帝が飲んだ水って、毒にすり替えられたんじゃないかもしれないな」

「どういう意味だ？」

「黒龍王家の者であれば、ほかにも手があるってことだ」

トウテツは水を操る黒龍王家に伝わるある能力について、玖燁に説明した。

「だけど、血を分けた兄弟にねえ。まあでも、わからなくはないか。自分を差し置いて黒龍王になった弟に、兄のほうが面白く思わなかったとしても。ってか、なんでももともと、弟のほうが王位に就いたんだ？」

「そんなことは知らん。ただ、疑問はそれだけじゃない。そもそも璃雨の父は、姉上に盤古の泉の水を何度も持っていっているはずなのに、毒に替えられたあの日だけ、なぜ先帝陛下も一緒に水を飲んだんだ？」

元々病だった者が倒れたところで、事件とは思われない可能性がある。そのため前黒龍王が謀反を起こしたことにするためには、先帝陛下に飲ませて、毒であると確実に印象づける必要があったからではないだろうか。

「だとしたら、おそらく先帝陛下に『天后《てんこう》に献上されている水に効果があるのか疑問だ』と吹きこんだ者がいるんじゃないのか？　そしてそれは、当時まだ龍王位に就いておらず、先帝陛下に目通りできる立場でなかった現黒龍王本人ではない」

玖燁は厩舎番《きゆうしやばん》に手綱を渡しながら考える。

「屋敷の者たちにも、そのあたりのことはあらかた説明してある。そして二年前の火事で彼らを守った絹を織ったのが、璃雨であることも」

そう。玖燁が、璃雨を黒龍王城にひとり残すことに不安を覚えながらも一度帝都に戻ったのは、六年前の事件をもう一度調べるためだけではない。屋敷内の者たちの璃雨に対する誤解を解いておくためでもあった。

そもそも前黒龍王が「毒の水」を献上していたのは、玖燁の姉――つまり紅龍王家の姫だ。

そのため真実がどうであろうと、主家の姫を慕っていた紅龍王家の家人たちからすれば、璃雨は『仇の娘』にほかならない。そのため準備もせずにつれて帰れば、家人たちが璃雨に辛くあたることは容易に想像できた。

出会ったばかりのときに玖燁自身が、璃雨をどのように扱ってもいいと考えてしまっていたように。

だが璃雨が黒龍王城で受けていた仕打ちを聞いた者たちは、いまではひどく彼女に同情している。きっと今後は璃雨に、大切に仕えてくれるだろう。

そう安堵していたからこそ玖燁は、留守中璃雨を任せていた娟寧の報告に、眉をひそめたのだった。


「絹を織りたいと言っているそうだな？」

部屋に入るなり玖燁がそう訊ねると、璃雨ははじめ面食らったかのように目を瞬かせた。

「あの……はい。そうです」

「俺のところに来た以上、もう機織りはしなくていい。ゆっくりとしていればいいんだ」

おずおずとうなずいた璃雨を安心させたいだけなのに、どうしても詰問しているような口調になってしまう。

（黒龍王城でさんざんひどい目に遭ってきたんだ。これまで苦労したぶん、できるかぎり贅沢をさせて、どろどろに甘やかしてやりたいっていうのに……）

『申し訳ありません。わたくしどもが不用意にお妃様の絹で命拾いをしたとお話ししてしまったら、機織りをしたいとおっしゃって……。おやさしい方なので、無理をされていないか案じております』

ひどく恐縮した様子で報告してきた娟寧たちを、責めるつもりはなかった。しかし、璃雨によけいな気をつかわせることになってしまい、玖燁としては舌打ちしたい気持ちだった。

なのに璃雨は、慌てたように首を横に振った。

「ち、違うんです。私が織りたいんです。その……私、うれしくて……。私の織った布が誰かの役に立つなんて、思ってもいなかったので。あの辛い日々も無駄じゃなかったって……」

「……正直俺としては、あんな扱いを受けているとも知らずにおまえの絹を買い集めていたから、申し訳なく思ったんだが……」

玖燁が買えば買うほど、市場に横流しされていた璃雨の絹の価値は上がり、黒龍王夫妻は彼女にもっともっと機織りをさせていたわけである。知らなかったこととはいえ、璃雨をこき使う彼らに加担していたようで玖燁は後味が悪かった。

「そんなこと……」

しかし璃雨は、またもや首を振った。

「私、あの布が、まさかそんなに高値で取引されているなんて知らなくて……。この屋敷でも、すべての人に行き届いているわけではないって聞きました。だから、織らせていただけませんか？　私がそうしたいんです」

(機織りしたいって……、なんで前よりも明るい顔をしてるんだ)

そう気づいたら、玖燁には彼女を止めることはできなくて——。

「……無理はしないと約束しろ」

そう答えるのがやっとだった。

「はいっ」

そして答えた瞬間、璃雨が浮かべた花のような笑みに目が奪われ、玖燁は思わず彼女を抱きしめていた。

なのに華奢《きゃしゃ》な手のひらが、璃雨に口づけようとした玖燁の唇を押し返してくる。

「す、すみません……っ」

思わずといった璃雨の反応に、玖燁は苦笑した。

「……なんであんな約束をしちまったのか」

これは当分の間、我慢を強いられることになるだろうと。

「約束は守る。だがしばらくは、機織りはほどほどにな。いろいろとすることもある」

「すること、ですか？」

「今度、天帝による春狩《しゅんしゅ》がある。それに俺と一緒に来てくれ」

「春狩って……獲物を狩って神様に捧げる神事ですよね？」

「そうだ。天帝陛下が年ごとに各龍王領をまわる巡狩《じゅんしゅ》と呼ばれる行事の一環だ。今年は帝室の直轄領内で行われるから、おまえも来い」

玖燁としては、近いうちに璃雨を天帝に目通りさせて、皇城内に流布する噂を払拭してしまいたい。

そう考えていたのだが――。

「で、でも……私のような者が、そのような場に出るなんて……。天帝陛下のお立場からすれば、私はお父君の仇にあたるわけですし……」

うつむきがちにそう話した璃雨に、玖燁は頭を強く殴られた気がした。きっと璃雨は、玖燁が思っている以上に大きな罪悪感を抱えているのだと。

「……違う」

「はい？」

「先帝陛下が倒れられたのは、おまえのせいじゃない」

璃雨には、はっきりとしたことがわかるまで、なにも話さないつもりだった。

　しかし自分を責めつづける璃雨が痛々しくて、玖燁は気がつくとふたたび彼女を抱きしめていた。

「おまえが祈りを捧げなかったせいで、泉の水が毒へと変質したわけじゃない。おそらく水は、誰かが故意に毒へと変えたんだ。おまえの父を、陥れるために――」

「おとし……いれる？」

「そうだ。だからおまえはなにも悪くないんだ」

「そんな……信じられないです。だって……」

「かならず真相を突きとめる。だから俺を信じて待っていてくれ」

　首を横に振るだけの璃雨の頬を両手で包み、言い聞かせるように玖燁は告げる。

「この件は、天帝陛下にもすでに報告している。だからおまえは、なにも気にせず、俺と来ればいい」

　じっと見つめつづけると、璃雨はためらいながらもようやくこくんとうなずいた。

　その様子が愛らしくて、玖燁は戸惑っている璃雨を今度こそ牀に押し倒した。

「玖燁様……っ」

「わかってる。約束したからな。だけどこれくらいは許せ」

　ためらうように彼の胸に伸ばされた璃雨の手を引きはがし、彼女の顔の横にぬいつける。

「許すって……、で、でも……っ」

口ごもりながらも、璃雨は最後には彼の唇を受け入れてくれる。

『案外大丈夫な気がするけど』

『華胥の匂いがすんだよ』

急ぐべきではないとわかっているのだ――。

けれどトウテツからなにも心配ないかもしれないと聞いたいまは、なおさら飢えたような心地で彼女を求めてしまうおのれを、玖燁は自覚するのだった。

第十一章　青龍王家の事情

『先帝陛下が倒れられたのは、おまえのせいじゃない』

玖燁様はそう言ってくださったけれど、あれから数日経ったいまでも、私はどこか信じられずにいた。

あれから気がつくと、「本当なのかしら」と物思いにふけってしまっている。

「こちらの錦はいかがでしょう？」

「お妃様？　どうなさいましたか？」

「あ、ごめんなさい。まずは初日の襦裙を選ばなくてはならないんだったわよね？」

私は慌てて、侍女たちが並べる金糸で刺繡された豪華な衣に視線を落とした。だけどたくさんありすぎてすぐには選べない。

「少し休憩いたしましょうか？　出入りの商人が、美味しいお菓子を持ってきたんです」

疲れたと思われたのか、娟寧が気づかってそう言ってくれる。

みなにやさしくされ、大切にされ、私はどこか面映《おもはゆ》い気持ちになる。

まだ慣れないけれど、これもすべて玖燁様のおかげだと感謝した瞬間――。

『これくらいは許せ』

先日の記憶とともに玖燁様の唇の感触がよみがえってしまい、私は慌てた。

ああいうときは、どうしたらいいのだろう。

玖燁様は普通にしているけれど、私はドキドキしてしまって次にどんな顔でお会いしたらいいのかさえわからない。

「どうなさいましたか？」

「い、いいえ！　なんでもないの！」

こんなことを相談するわけにもいかなくて、慌てて首を横に振ったときだった。

侍女のひとりが、私に来客を報せてきたのは――。

＊　＊　＊

「琇霞、来てくれたのね！」

琇霞が紅龍王家を訪ねると、庭先まで駆けて出てきた璃雨は笑顔で彼女を迎えいれた。

「あなたが寂しがっているんじゃないかと思って、来てあげたわよ」

実際は、青龍王家の上屋敷にいると、はやく絹を織れと藍脩がせっついてくるからである。

（ほんと、居心地が悪いったらありゃしない。指を怪我しているってだけじゃあ、これ以上ごまかせないし。こうなったらさっさと璃雨を連れていって、織らせるしかないわね）

内心でそう思いながら、璃雨に案内された部屋に足を踏みいれた琇霞は、そこではっと息を呑んだ。

部屋中に、色とりどりの錦が広げられていたからだ。

「ごめんなさい、散らかっていて……。今日はずっと、生地を選んでいたものだから……」

「……どうしたの、これ？」

いったい何枚あるのか。

牀の上も、蓋の開いた櫃のなかも、錦だらけ。しかもどれを見ても、目もくらむような一級の品ばかりだ。

さらに卓子の上には、真珠や翡翠《ひすい》などの宝玉をあしらった簪や腕環、首飾りなどまで並べられ、まばゆいばかりの光を放っているではないか。

「こんど天帝陛下が行われる春狩に参加させていただくことになっていて、その準備に追われているの。何枚か襦裙を仕立てたりしないといけないらしくて……」

困ったように話す璃雨に、琇霞の頭にかっと血が上った。

(私は新しいものを仕立てられなかったのに、どうして璃雨が……！)

野外に天幕を張って獣を狩る野蛮な行事ではあるが、帝都中の名家の者たちが集まる場だ。

そんな場に、璃雨は新調した豪華な衣をまとい、私は古びた格好で行くなんて――！

「琇霞？」

「あ？　ああ、春狩ね。もちろん私も行くわよ」

「琇霞も行くの？　よかった、心強いわ」

ぱっと顔を明るくした璃雨にかまわず、琇霞はあらためて紅龍王の屋敷内へと視線をめぐらせた。

錦や装飾品だけではない。

美しい花々が描かれた格天井《ごうてんじょう》に、希少な紅木や螺鈿《らでん》で作られた調度の数々など、部屋にあるものだけで一財産になるだろう。

みずからが暮らす青龍王家の上屋敷がみすぼらしく感じられて、琇霞はくやしくてならなくなった。

（紅龍王家に財があるというのは本当のようね。璃雨のくせに、こんないい暮らしをしているなんて……！）

「そんな大勢の人がいるところに出るのははじめてだから、心細かったの。まさか天帝陛下にお目通りすることになるなんて……」

よく見れば、はにかむような笑みを浮かべている璃雨自身も、驚くほど美しく変貌している。

刺繍も鮮やかな、琇霞よりも何倍も豪華な衣を身にまとい、一部を結い上げた髪にはさりげなく柘榴石《ざくろいし》をあしらった簪が輝いている。

しかも肌艶がよくなったせいか、もとから色白だった肌のきめも整い、髪や爪の先にいたるまで大切に手入れされていることがわかった。

（どういうことよ!?　璃雨のくせに、璃雨のくせに……！）

璃雨の満ちたりた様子を目の当たりにして、琇霞はぎりりと歯噛みした。

「――何人いたの？」

「え？」

璃雨は、琇霞の問いの意味がすぐにはわからなかったようだ。

「……紅龍王に、妾妃は何人いたのって聞いたのよ」

「妾妃？　玖燁様にそんな方はいないわ」

冗談と思ったのか、おっとりと笑いだした璃雨にさらに怒りがつのる。

（藍脩様さえ、あれだけ妾妃がいたっていうのに、あれだけの男にいないわけないじゃない！）

「殿方が、そんなことを自分から話すわけがないでしょう!?　のんきに構えていると、正妃の地位も危うくなってくるわよ？」

「ありがとう。でも本当に大丈夫だから」

礼を言いながらも取りあおうとしない璃雨に、琇霞は愕然とする。

（まさか、本当にいないわけ？）

自分を品定めするような目で眺めていった妾妃たちの顔がひとつひとつ脳裏に浮かび、琇霞は焦った。

（なにか……なにかほかにないの!?　いまの璃雨に言ってやれることは！）

「あら？　あなたまた機織りをさせられているのね？」

視線をめぐらせた琇霞は、丸く穿《うが》たれた壁の向こうの部屋に、機織り機を見つけてほっとした。

「ええ。玖燁様に用意していただいたの」

「かわいそうに。場所が変わっても、機織りをさせられているなんて」

「違うの。私が織りたくて織っているの」

にやりと口の端を上げた琇霞に、しかし璃雨は笑みを浮かべながら首を横に振った。

「以前、このお屋敷が火事になったとき、私の織った布を身に着けていたから、みんなが助かったって言ってもらえたの。こんな私でも役に立てるんだって思ったら、とてもうれしくて……」

「……へえ」

「でも、まだ屋敷の全員には行きわたってないんですって。玖燁様は無理するなって言ってくださるんだけど、もっと織って、まだ持っていない人にもはやく渡したくて」

(なんなのよ。負け惜しみかと思っていたのに、本気でそう思っているわけ?)

イライラと爪を噛んだ琇霞だったが、ふいに妙案を思いつく。

「……そう。なら私に一反ちょうだいよ」

ここで璃雨が絹を織っているならば、それをもらって藍脩に渡せば手っ取り早いではないか。

そう思ったのだが――。

「……ごめんなさい。いまはこの屋敷にいるみんなのぶんを織っているから、それが終わるまではあげられないの」

（璃雨のくせに、私の言葉に逆らうなんて！）

こんなことははじめてだと、琇霞の頬にかっと朱が走った。

「そ、そう。ならいいわ」

おかしい。

なにもかもがおかしかった。

そもそも璃雨は、紅龍王の強すぎる〈火〉の力に蝕まれて、廃人のようにされるのではなかったのか。

しかし目の前の璃雨は肌艶もよく、黒龍王城にいたときよりも、よっぽど健康的に見える。

「……ねえ、玖燁様はどうなのよ？」

「どうって？」

「あんなに急に相剋の妃が欲しいだなんて、おかしいじゃない。そうまでして力を抑えなければならないなんて、璃雨はひどい目にあわされているんじゃないの？」

「そんなこと……。玖燁様はとてもおやさしいわ」

「だけど、交接によってあなたから龍の気を奪うんでしょう？　あなたを連れていったときも強引だったし、閨《ねや》でだって乱暴なんじゃないの？」

あからさまな琇霞の言葉に、璃雨はようやくなにを言われているか理解したようだった。

「……それは、誤解よ。……玖燁様は、私をとても大切にしてくれるわ」

かああ、と顔を赤らめる璃雨に、琇霞のなかでどす黒い感情が湧きあがってくる。

(ああもう、なんなのよ!)

「あなたを無理やり妃にした男じゃない！」

「無理やりだなんて……。若君のことを忘れられなかった私に、『正式な婚儀は先でもいい』っておっしゃってくださったし」

「ということは、まだ交接していないってこと?」

「そ、そういうことは口に出して言わないで……」

直接的な物言いに、璃雨がさらに顔を赤らめ慌てている。

「ふうん」

琇霞はにやりと笑みを浮かべた。

(笑えるじゃない。あんなナリをしていて、意外と奥手なんて)

ならば、琇霞にもまだ付け入る隙がある。

だって璃雨には、こんな贅沢な暮らしはもったいない。

璃雨ごときが幸せになるなんて、ぜったいに許さないんだから——。

＊　＊　＊

「琇霞はどこにいるんだい？」

外出先から青龍王家の上屋敷に戻った藍脩は、官服を脱いだところでみずからの正妃の姿が見えないことに気づいた。

「その、姫さ……正妃様は、お出かけになられていまして――」

梗蓮とかいう侍女におずおずと報告され、藍脩は耳を疑った。

「まだ絹を一反も織っていないのに!?　指を怪我していてなにもできないって話だったのに、出かけるってどういうことなんだい？」

「も、申し訳ありません……」

床に頭をこすりつけるようにして謝罪する梗蓮に、藍脩は舌打ちした。

そして「どうも様子がおかしい」と思った。

（琇霞ときたら、先日からずっと指を痛めているだの体調が悪いだのと機織りを避けている。いや、そもそも僕は、琇霞が絹を織っているところを一度でも見たことがあったか？）

「……まさか、琇霞は絹を織れないのではないよね？」

「そ、そんなことは～」

目を明後日のほうへ向けた梗蓮に答えを見つけて、藍脩は愕然とした。

「琇霞が織っていたのでなければ、あれらの絹はいったい誰が……」

強い〈水〉の龍の力がなければ、あのような布帛は織れない。

となれば——。

「まさか……璃雨のほうなのかい？」

「その、え〜と」

「くそっ！」

藍脩は苛立たしさのまま卓子の上にあった茶碗《ちゃわん》をなぎ払った。

ガシャン！　という磁器の割れる音に、梗蓮が「ひいいっ」と悲鳴をあげる。それにかまわず部屋を出た藍脩は毒づいた。

「こんなはずではなかったのに……！」

このままではまずい。もう次の返済まで猶予がないのだ。

青龍王家の上屋敷を預かる藍脩が金策に走っていることは、誰にも知られるわけにはいかない。

父王の後宮を超える妾妃を囲い、肥大した自分の後宮を維持するために膨大な金がいる。

集めた女たちは、悪びれることもなく湯水のように金を使って、遠慮することがない。そのせいで借金はふくらみ、とうに彼が返済できる金額ではなくなっていた。

「だから、琇霞の織る絹を売って、財政を立て直すつもりだったのに……！」

黒龍王家の姫が織っている絹には、水の加護がある。そう評判になったのは、五年くらい前のことだろうか。

皇城で小火《ぼや》が起きたときだ。

たまたま役人のひとりが黒龍王家から贈られたという絹を身に着けていたおかげで火傷を免れたと話したことから、一気に名が知られるようになったのだ。

龍王家の姫が織っているということで、つきあいのある家にしか贈られないという話だったが、裏では高値で取引されているのは知っていた。

（だから、それを織る姫自体を手に入れれば、莫大《ばくだい》な富を得ることができるはずだったのに……！）

藍脩が最近になって急いで婚姻を進めたのもそのためだ。

（なんだかんだと理由をつけて絹を織ろうとしない琇霞に期待外れもいいところだと思っていたが、まさか織っていたのは璃雨だったたなんて……！）

藍脩は舌打ちする。

（父上になんと説明すればいいんだ）

そもそも父である青龍王は、前黒龍王と仲が良かったからと、璃雨との婚約を解消させず、彼女を娶《めと》るよう藍脩に厳命していたのだ。

しかしあんなみすぼらしい娘よりも、現黒龍王の娘であり、金になる絹を織れる琇霞を妃にするほうが利益になると、藍脩が父に無断で乗り換えたのである。

いずれは父も、琇霞を正妃にしたほうが得策だったと納得させられると思って——。

「いやそれどころか、借金のことも含めて父上の耳に入れれば、世継ぎの立場だって追われかねないぞ……」

焦りと苛立ちのまま、藍脩は「すべて紅龍王のせいだ！」と毒づいた。

「もともとは、琇霞も璃雨も、ふたりとも手に入れるはずだったのに。それをあの紅龍王が横やりを入れてきたせいで、すべてがおかしくなったんだ！」

璃雨はかっさらわれ、藍脩は金の卵を手に入れ損ねた。

逃がした魚の大きさに愕然としていたときだった。

「青龍王様がいらっしゃいました」

侍女からの報告に、藍脩は顔を青ざめさせたのだった。


「この、馬鹿息子めが！」

父である青龍王は、帝都の上屋敷に到着するなり息子を怒鳴りつけた。

「ち、父上？」

（借金がかさんでいることはまだ露見《バレ》してないはず……。なのに、なんでこんなに怒ってるんだ？）

どうにかやり過ごそうと考えていた藍脩が内心で慌てていると、青龍王はドンと壁に拳を叩きつけた。

「おまえ、璃雨をどうした!?　勝手に妃をとりかえたというのは本当なのか！」

「で、ですが、璃雨は逆賊の娘ですよ？　後ろ盾さえない彼女が、青龍王家のためになるとは思えませんでしたし」

その点、琇霞は現黒龍王のひとり娘である。きっとなにかと役に立ってくれるに違いない。

「それに妃に迎えた琇霞には、水の加護を施した絹を織るという特技もあるのです。売ればかなりの金額になると――」

実際に織っていたのは璃雨のようだが、対外的には琇霞が織っていることになっているのでそう話したのだが――。

「だからおまえは馬鹿だと言っておるのだ！　布を売る？　そんなはした金を得てどうするというのだ！」

びりびりと震えそうなほどの父の声に、藍脩は震えあがった。

「あの娘……璃雨は、華胥の民の血を引いているのだぞ!?」

「華胥の……民？　華胥とは……あれですか？　西北の果てにある国とも、桃源郷だとも言われている？」

たどり着こうとしてもけっしてたどり着けないところにあるとされ、実在するかどうかもわからない国――。

「そうだ。太古の神々の血を、いまなお強く残している民が住まうところだ。璃雨の母は、その華胥の出だったのだ」

「し、しかし、璃雨の母は身分の低い流民だったのでは？」

琇霞の母である黒龍王の正妃は、璃雨についてそう話していたはずだ。

「華胥の民は、どこからともなく現れ、また消えていく流浪の民のこと。おそらく我らとは同じ時を生きてはおらず、この世界とは切り離された時空のはざまにそこはあるのだと私は考えている。だがときおり世界が重なったとき、あちらから迷いこむ者がいるのだ」

「それが……璃雨の母だと……？」

そんなことがありえるのかと、藍脩は半信半疑のまま父を見つめた。

「おまえ、なぜ璃雨の父である霖偉《りんい》が、兄である現黒龍王を差し置いて王位を継いでいたのか疑問に思ったことはないのか？」

「それは……もちろん、琇霞の母であるいまの黒龍王正妃は、〈金〉をつかさどる白龍王家の王女でしたからね。相生の妃を娶ったはずの長子が王位を継がなかったことは、不思議ではありましたが……」

「そうだ！　あの正妃が璃雨を目の敵にしているのは、相生の妃になるために黒龍王家の世継ぎに嫁いできたにもかかわらず、夫は弟に王位を奪われ、みずからも流民である璃雨の母に龍王妃の位を奪われたと根に持っているからだ」

青龍王は、くっ、とあざけるような笑みを浮かべた。

「本来であれば――、霖偉が逆賊として討たれたあと、すぐにおまえの許婚として璃雨を我らが青龍王家に引き取る予定だったのだ。なのに、あの女好きの黒龍王が、土壇場で母親に似ているあの娘を手放すのを惜しんだのだ。長じれば、美しい娘に育つだろうと」

苛立たしげに茶をあおった青龍王は、じろりと息子をにらみつける。

「水の加護があるとかいう絹だって、本当に琇霞が織っているか怪しいものだ。おおかた璃雨に織らせたものを自分のものとして、評判をあげていたのだろうよ」

「そ、それは……」

藍脩はぎくりとして口ごもる。

「なんだ、おまえも気づいていたのではないか。それでも琇霞を妃にするなど……。

おまえには心底失望した。このうえは、おまえを世継ぎから外すから、どこへなりとも消えうせろ！」

「父上!?」

まさかそこまで言われると思わなかった藍脩は、へなへなとその場にくずおれたのだった。

＊　＊　＊

「華胥ですって？　璃雨の母が？」

藍脩と青龍王の話に聞き耳を立てていた琇霞は、叫びそうになった口を慌てて押さえた。

(藍脩様に、絹を織っているのが璃雨だとバレたっていうから、話を聞きにきてみれば……)

「本当なのでしょうか、姫様？　華胥とは、伝説の国ではないのですか？　正妃様は、あの娘の母は身分の低い流民であったとおっしゃっていましたが……」

屋敷に戻った琇霞に青龍王の来訪を告げ、この部屋の前まで連れてきた梗蓮が、信じられないとばかりに琇霞の袖を引っ張った。

「しっ！」

部屋から青龍王が出てくる気配がして、琇霞は梗蓮の腕をつかんで廊下の隅へと身をひそめた。

「このうえは、おまえを世継ぎから外すから、どこへなりとも消えうせろ！」

そう言い放って部屋から出てきた青龍王は、まだ四十代後半の美丈夫で、線の細い貴公子然とした藍脩よりも力強く精悍な男だった。

（まさか藍脩様を、世継ぎから外すとまで言うなんて）

驚きながら様子をうかがうと、鋭い視線がこちらへ向くのを感じて、慌てて壁の陰に身をひそめる。

どうにか気づかれずにすんだようで、足音が次第に遠ざかるのを聞いた琇霞はほっと胸をなでおろした。

「まさか、璃雨が……」

青龍王のいた部屋をのぞくと、その場に座りこんだ藍脩がまだぼそぼそとつぶやいている。

（情けない男……）

そっと室内に入り、琇霞は背後から藍脩に歩み寄った。

「青龍王様の言葉など、気にしてはいけませんわ、藍脩様」

包みこむように藍脩の肩に触れながら、できるだけやさしい声で琇霞は話しかけた。

「琇霞……？　いままでどこに行って――。いや、絹を織っていたのは璃雨だったんだろう？　どうしてそんな嘘を――」

「そんなこと、いまはどうでもいいではありませんか」

呆然と振り返った藍脩の唇を指で封じて、琇霞は続けた。

「世継ぎから外すなどと、青龍王様は口でそうおっしゃっているだけです。青龍王様が、長子である藍脩様をお見捨てになるはずがないではないですか」

「聞いていたのかい？」

「少しだけですわ。実は私も、藍脩様に璃雨のことをご相談しようと思ってこちらに来たところだったんですの」

「璃雨の？」

「今日出かけていたのは、璃雨から相談があると連絡を受けたからですわ。可哀そうに、やはり紅龍王にひどい目に遭わされているみたいですの」

まつげを伏せ、琇霞はあわれっぽく手巾で涙を拭くふりをした。

「やっぱりそうか。そうだと思ったんだ、あんな野蛮な男では璃雨が幸せになるはずないと」

「そのとおりですわ。そこで璃雨に言われましたの。『本当は、藍脩様をまだお慕いしている』と」

「なんだって、璃雨が……？」

「ええ。黒龍王城にいたときは、紅龍王様に脅されていて、本当のことを話せなかったのだと」

　琇霞はうなずき、藍脩が望んでいるであろう言葉をささやく。

「はは、そうだ。約束したからね。十八歳になったら迎えにいくと。やはり璃雨は、僕のことを忘れていなかったんだね」

「青龍王様がなにをおっしゃろうと、璃雨をとり戻せばいいだけですわ。まだ間に合います。どうやら紅龍王様は、璃雨をまだ正式な妃としていないようですもの。紅龍王様も、藍脩様を忘れられない璃雨に拒まれて、強引なことはおできにならなかったのでしょう」

「そうか。やはり璃雨は、僕でなければ駄目なんだね」

　藍脩は気を取り直したように、何度もうなずく。

「そうですわ。璃雨を助けてやってくださいな。あの子は、まだ藍脩様を慕っているのですから」

「もともと、紅龍王がよけいな手出しをしてこなければ、君の添嫁として迎えてやる予定だったんだ。正妃である君さえよければ、僕はかまわないよ」

（ふん。あくまで「琇霞のため」で通すつもりなのね）

『君さえよければ』などとほざいているところが笑えるが、琇霞は微笑んだ。

「私はかまいませんわ。璃雨は私の大切な従妹ですもの」

（そうね。すべてを搾取してやれると思えば、添嫁にしてやってもよかったのだけれどね）

妃とは名ばかりの、すべてを私に捧げなければならない私のためだけの奴婢――。

璃雨のそんな姿を想像すると愉快だが、そうしてやるつもりはなかった。

（だって私、紅龍王が欲しいのよ。こんなしけた男の妃になるのではなく、ね）

この男には璃雨を押しつけ、さっさと逃げてしまえばいい。

あとのことなど知ったことではない。

「君はなんてやさしいんだ、琇霞。安心してくれ。僕がきっと璃雨を取り戻してみせるからね」

（馬鹿な人――）

どこまでも単純な藍脩に、琇霞は内心でほくそ笑んだのだった。

第十二章　春狩でのささやき

天帝陛下によって行われる春狩は、私が思っていたよりずっと盛大なものだった。野営地となっている草原には、数えきれないくらいの天幕が張られ、見渡すかぎり大勢の人々で賑《にぎ》わっていた。

玖燁様の話では、明日の早朝からはじまる狩りを前に、帝都で暮らす名だたる名家の人たちがこの場に集っているという。

神事と言っても野外で行われるため、もっと質実なものを想像していたけれど、どうやら彼らにとって、ここは社交の場でもあるようだ。

「あの、どこかおかしいところはありませんか？」

紅龍王家に用意された天幕を出てからも、私はそわそわと襦裙の襟元をいじって玖燁様に訊ねてしまう。

「ない。さっきもそう答えたぞ」

「そ、そうですけど……」

玖燁様はそう言ってくださるけれど、着慣れないあまりに豪華な衣が落ち着かなくてならない。

「このまま適当な天幕にしけこんでしまいたいくらいだ」

「く、玖燁様……！　からかわないでくださいませ」

ただでさえ、慣れない場所でいっぱいいっぱいなのだ。そんな冗談を言われても、どう答えていいかわからない。

「からかっているつもりはないのだが――」

玖燁様が、なぜか不服そうに眉を寄せたときだった。

「璃雨ではないか」

よく知っている声が聞こえて、私はぎくりとして足を止めてしまう。

ぎこちなく振り返ると、黒龍王である伯父様が、正妃様をともなって大きな天幕の陰から出てきたところだった。

「……伯父様」

普段は領地にいるはずのふたりが、まさか帝都にいるなんて。

「まあ、誰かと思えば……」

正妃様が、なめまわすような目で私を眺めてくる。

あいかわらずの険のある眼差しに、私が臆しかけたとき、肩に置かれた玖燁様の手にぐっと力が入った。

『おまえが祈りを捧げなかったせいで、泉の水が毒へと変質したわけじゃない。おそらく水は、誰かが故意に毒へと変えたんだ。おまえの父を、陥れるために――』

正直、まだ信じられなかった。

だけど玖燁様がそう言ってくださるなら、卑屈になってはいけないのだと、私は胸を張った。

「……ご無沙汰をしております」

「流民の娘がずいぶんとうまく化けたこと！　うまくやっているようじゃないの。やはり血は争えないようね」

ちらりと玖燁に視線をやりながら、くっと顔をゆがませる正妃様に、以前の私だったら、きっとすぐに委縮してしまっていただろう。

でも――。

『お妃様は、わたくしどもの命の恩人なのですから』

玖燁様の手の力強さと、屋敷のみんなに言われた言葉に背中を押され、私はふわりと笑みを浮かべた。そして正妃様と伯父様に向かって、軽く膝を折る。

「おかげさまで幸せにやっております。伯父様たちもお健やかにお過ごしくださいませ。ごきげんよう」

たったそれだけの言葉だが、ありったけの勇気をふりしぼって告げ、私は返答も聞かずに歩きだした。

すれ違う瞬間、正妃様がぎりりと歯ぎしりをする音を聞いたけれど、目を伏せたままそれに気づかないふりをして。

「ああ、そういえば、黒龍王殿――」

どうにかやりすごしたことに安堵しかけたとき、隣で私の様子に笑いをかみ殺した玖燁様が、思い出したように伯父たちを振り返った。

「柱国大将軍の件だが、天帝陛下に話をさせてもらった」

そういえば、伯父様は天帝陛下への口添えを頼んで、私に玖燁様のもとへ行くように命じたのだ。そのことを、いまさらながらに思い出す。

「それはかたじけない！　では、いつごろ――」

「――が、陛下は、いまはそのときではないとの仰せだった」

期待にぱっと顔を輝かせた伯父様だったが、玖燁様のその一言で表情を一変させる。

「な、まさか……紅龍王殿の言葉を、天帝陛下が受けいれないなどと……」

「いずれまた機会はあるだろう。精進されよ」

「そんな……」

「では」

呆然とする伯父様を放置して、玖燁様は今度こそ私の腕を引いてその場を後にする。

玖燁様にこびへつらった末にうなだれる夫を前に、正妃様がわなわなと震えながらこちらをにらみつけている。

「あのようにしてくださらなくても大丈夫ですから……」

きっと伯父様は、この春狩で天帝陛下から柱国大将軍の称号を与えられると期待して、わざわざ領地を出てきたのだ。

それを無下にされた伯父様を少し気の毒に思いながら私が言うと、玖燁様は鼻を鳴らした。

「おまえをずっとひどい目にあわせてきた奴らじゃないか。俺の気がすまない」

「私は、これからも盤古の泉に行けさえすればいいのです。父との約束さえ守れれば――」

いまとなっては、それ以外のことはどうでもいいように思えた。

だって毎日が幸せで、黒龍王家で受けていた仕打ちも、すべて過去のものだと思うことができるから。

「泉、か……」

すると玖燁様が、ふと思い出したように顎に手をやった。

「あのとき――」

「はい?」

「はじめて泉でおまえを見たとき、水辺に舞い降りた仙女に見えて、しばらく見惚れていた。織女《しょくじょ》の羽衣を隠したという牽牛《けんぎゅう》は、こんな気分だったのかと」

「なにを、玖燁様……」

「そうか。仙女のように美しい……ね。たしかにな」

私が恥ずかしくてうつむいていると、玖燁様はひどく真面目な声で訊ねてきた。

「……おまえ、華胥というのを聞いたことがあるか?」

「華胥? 伝説の国のですか?」

「そうだ。おまえの母は……流民の出だと言っていたな? その華胥の人間だったということは?」

「母が、ですか?」

「トウテツがそう言っていたんだ。おまえから華胥の匂いがすると」

「……私にはわかりません。母は、私がほんとうに幼いときに亡くなったので」

お父様の言葉の端々から、お母様をとても愛していたことはわかっている。

だけど私は、びしょ濡れになったお父様がお母様の亡骸《なきがら》を連れて帰ってきたときのこと以外、お母様の記憶はほとんどなかった。

「トウテツを疑うわけではありませんが……、そんなこと、あるのでしょうか?」

「わからない。だが、おまえが盤古の泉との親和性が高いというのは、事実だろう？　それにもしそれが事実ならば、俺の相剋の妃になれるほどの力を持ちながら、俺と違って身体に負担がかかっていない様子なのも、つじつまが合う」

話しているうちに、天帝陛下が狩りの様子をご覧になる玉座が設けられた場に到着した。

するとと兵のひとりが駆け寄ってきて、玖燁様になにやら耳打ちした。

「その件については、これからゆっくりと調べていこう。少し用をすませてくるから、ここで待っていてくれるか？」

「はい」

なにかあったのだろうか。

眉をひそめた玖燁様に素直にうなずくと、彼はすぐに兵士とともに行ってしまう。

「ねえ、あれが紅龍王様の妃になるっていう？」

「って、逆賊の娘なんでしょ？」

「やだ、そんな人と紅龍王様が!?」

見知らぬ人々の間に取り残され、少し緊張していた私の耳に、そんな会話が聞こえてくる。

振り向くと、ぱっと視線をそらされた。

帝都に住む、若い令嬢たちのようだった。

逆賊の娘――。

やはり、玖燁様がなんとおっしゃってくださっても、人々にとって私は「逆賊の娘」なのだ。そんな私がこんな公の場に出るなんて、玖燁様のご迷惑になってしまうことは変えられない。

そう思って、ぎゅっと手のひらを握りしめたときだった。

「ここにいたのね、璃雨」

「琇霞……！」

私は、知っている顔にほっとして駆け寄った。

「あ……藍脩様は？」

「最近体調が優れないらしくて、来ていないの。だから私、今回は黒龍王家のほうの天幕にいるのよ」

正直に言うと藍脩様に会うのは気が進まなかったので、私は琇霞の言葉に安堵してしまった。

「そんなことより、なにかあったの？　顔色が悪いわよ？」

「ううん。なんでもないの。その、ちょっと弱気になっちゃって」

「弱気に？」

「私が……その、逆賊の娘だって噂されているのを聞いてしまって……」

「ああ、玖燁様に憧れていた令嬢たちね」

憧れて――。

そうだ。玖燁様にそういった人たちがいたっておかしくはない。

母殺しなどと噂される玖燁様だが、実際の彼を見れば、そんな噂などどうでもよくなるのもわかる。そういったご令嬢たちには、私の存在はさぞかし面白くないものだろう。

「みんな噂しているのよ。紅龍王様は、奇特な方よねって。だって大事な姉君を死なせた仇敵《きゅうてき》の娘を妃に迎えるなんて、ねえ」

「え？」

「あら、知らないの？　叔父様――あなたのお父様が先帝陛下に盛った毒は、もともとは玖燁様の姉君――前天后様に献上されていたものだって」

はじめて知る事実だった。

衝撃を受けていると、琇霞はなおも続ける。

「なんでも前天后様は、いまの天帝陛下をお生みになってから、ずっと体調を崩されていたんですって。それで叔父様は、『霊験あらたかな泉水』を、帝都に来るたびに前天后様に飲ませていたらしいわよ」

「霊験あらたかな、水……？」

それは、盤古の泉のことだ。

「でも前天后様の体調は、よくなるどころか悪くなるばかり。怪しんだ先帝陛下が、試しにそれを飲まれたとたん、血を吐いて倒れたってことらしいわよ。天帝陛下はすぐに回復されたけれど、長く毒を飲みつづけてきたらしい前天后様はどんどん体調を悪化させて、結局亡くなってしまったんですって」

毒ではない。

お父様が毒など献上するはずがない。

『この百年の間、紅龍王家の者に短命な者が多いのも、この力のせいだ。血族間で婚姻を結んだ父母も……姉もみなこの病にかかっていた』

『この水を飲んでも、おかしなことにはならない。それどころか、さきほどまでひどかった頭痛がだいぶ収まった』

やっぱりお父様は、前天后様の火の病に効くと思って、盤古の泉の水を献上していたのだ。

でも効かなかった。

私が、泉に祈りを捧げていなかったから。

きっと、毒に変質せずとも、その効果が薄かったに違いない。

じゃあ、きちんと毎日祈りを捧げていたら、玖燁様のお姉様は助かったの？

「っ――」

「どうしたの、璃雨？」

頭がガンガンと鳴っているようだった。

やはり、すべて私が悪いのだ。

私が、お父様との約束をきちんと守っていたら……。

うなだれる私に、琇霞がするりと笑みをうかべた。

「ああ、そうよね。もし璃雨がちゃんと盤古の泉に祈りを捧げていたら、天后様が衰弱しつづけるなんてことなかったかもしれないわね。たしかにそう考えれば、紅龍王様の姉君を殺したのは璃雨ってことになるわよねえ」

琇霞の言葉に胸をえぐられる。

「私……」

「ああ、わかったわ、璃雨。紅龍王様があなたを妃にしたのは、きっと復讐のためなのよ！」

「復讐……？」

「相剋の妃は、身体への負担が大きいっていうでしょう？　それがわかっていてあなたを妃にするんだもの。あなたを大事に思っていたら、そんなことできないわよね。

憎い相手のほうが、龍の気を奪うには、ちょうどよかったんじゃない？」

「それは……」

「ねえ、璃雨」

否定できない私の耳元で、琇霞がささやいた。

「あなたが知らないこと、まだあるのよ？　玖燁様があなたには話していないこと、私なら教えてあげられるわ」

私が知らないことが、まだあるの？

「詳しいことを教えてほしいなら、あとで私のところにいらっしゃいな」

＊　＊　＊

「どうかしたのか？」

琇霞が去ったあと戻ってきた玖燁様は、なにかあったのかとすぐに声をかけてくれた。

「いえ、なんでもありません」

そう首を振りながらも、私は顔がこわばるのを止められなかった。

だって、お姉様が亡くなったのが私のせいなんて、どうして教えてくださらなかったの？

琇霞の言葉が、ずっと頭のなかをまわる。

『相剋の妃は、身体への負担が大きいっていうでしょう？　それがわかっていてあなたを妃にするんだもの。あなたを大事に思っていたら、そんなことできないわよね。憎い相手のほうが、龍の気を奪うには、ちょうどよかったんじゃない？』

本心では私のことを疎ましく思っているのかもしれない。そう思ったら、怖くて玖燁様の顔が見られなかった。

絹を織ることで、誰かの役に立てるなんて、そんな能天気なことを考えていた自分はなんと愚かだったのだろうか。

「おまえ、本当にどうしたんだ？」

玖燁様が、私の頬に触れてくる。

顔を上げさせられると、彼の瞳に自分が映って見えた。

でも、もし私の龍の気を奪うことで、玖燁様が元気になられるのなら――。

私を妃にしたのが復讐のためだったとしてもかまわない。

それで少しでも償いになるならば――。

「玖燁様、私……」

「――璃雨ではないか！」

だけど、口を開きかけたところで名前を呼ばれ、私は反射的に振り返る。そして「あっ」と声をもらした。

「……おじ様？」

そこには、幼いころから可愛がってくださった青龍王様——藍脩様の父君であり、お父様の親友だった方がいたからだ。

「今回の春狩に、君も来ていると聞いたから探していたんだ。ああ、顔を見せておくれ。ますます母君に似てきたね」

そう言うと青龍王様は相好を崩して、子供のときのように私を抱きしめてくる。直接お会いするのは何年ぶりだろう。藍脩様の妃にならなかったにもかかわらず、むかしと変わらない笑みを浮かべてくれる青龍王様に私はほっとした。

「……妃に気安く触らないでもらおうか」

だけど玖燁様は面白くなさそうな顔で口を挟んだ。

「これは紅龍王殿。妃を迎えられること、お祝いを言うよ。しかし、璃雨は私の親友の忘れ形見だからね。大切にしてくれたまえ」

牽制《けんせい》するような言葉に、あきらかに玖燁様がむっとしたのがわかって璃雨は慌てた。

「く、玖燁様。おじ様は私を心配してくれていて……」

「璃雨、よかったら向こうで少し話さないかい？　紅龍王殿。お妃をお借りしてもいいだろう？」

「残念だが――」

「お願いです、玖燁様。私もおじ様と少しおしゃべりがしたいので……」

「……すぐに戻ってこい」

このときの私は、玖燁様から離れられることにほっとしながらうなずいたのだった。


「君の母君は本当に美しい女性だった。仙女もかくやというくらいにね」

玖燁様から少し離れたところで話しはじめると、青龍王様はむかしのようにお父様やお母様との思い出話を語ってくれる。

幼いころから青龍王様から両親の話を聞くのは好きだった。

正妃様や伯父様の口から語られるのは、耳をふさぎたくなるような悪意ある話ばかりで、ありのままのふたりについて話してくれるのは、もう青龍王様くらいだ。

「……璃雨には、謝らなければならないね」

しかし青龍王様は、ふいに真面目な顔になってそう頭を下げた。

「おじ様？」

「本来であれば、霖偉――君の父があのようなことになったあと、すぐに君を我が龍王家に迎える予定だったのに、黒龍王が難色を示したせいでできなかった……。君はあの黒龍王のもとで、ずいぶん辛い思いをしたと聞いている。助けてやれず、ずっとすまないと思っていたんだ。それなのに……今度は馬鹿息子が君を傷つけるなんて……」

「そんな……！　お気になさらないでください、おじ様」

お父様が逆賊として討たれたあとも、「なにかの間違いだ」と断言してくれ、長子である藍脩様との婚約を解消しないでくれた恩人だ。

その青龍王に頭を下げられ、私は慌てて首を横に振った。

「おじ様のせいではありません。その、藍脩様とはご縁がなかっただけですから」

「縁がないなどと、寂しいことを言わないでおくれ。君が幸せならば、なにも言うつもりはなかったんだが……」

玖燁様へと視線を向け、声をひそめて青龍王様は言った。

「あの馬鹿息子には私からよく言い聞かせるから、やはり当家に嫁に来てくれる気はないかね？　いや、君を傷つけた藍脩が嫌なら、ほかの息子でもいい。このままでは、君を託してくれた霖偉に申し開きできない」

「本当に気になさらないでください。変わらずに温かいお言葉をいただけてうれしいですが、もう紅龍王である玖燁様のもとへ輿入れしておりますので」

「だが、紅龍王は君を無理やり連れていったというではないか。璃雨さえよければ、この私が、なんとしてでもあの男と別れさせてやる」

「そんな、誤解です。玖燁様――紅龍王様は、私をとても大切にしてくださっていますから」

そう言ったとたん、涙がこぼれた。

そうだ。

玖燁様は私を大切にしてくれている。

復讐だなんて、考えているはずがない。

だけど、だからこそ辛かった。

だってまさか、玖燁様のお姉様が亡くなったのが、私のせいだったなんて……。

復讐のためでもよかったのに――。

それで玖燁様のお役に立てるなら――。

「……そうか。君は紅龍王が好きなのだね」

青龍王様の言葉が、胸の内にすとんと落ちた。

「……はい。お慕いしております」

口に出すと、あらためて胸が震えるような、きゅっと締めつけられるような心地がした。

だからこそ、もしまだなにか隠された事実があるのならば、私はちゃんと知らなければならないのだ。

だって玖燁様はやさしいから、訊ねてもきっと話してはくださらないから。

「――そうか」

「はい。だからどうかもう、私のことを心配なさらないでください」

青龍王様に微笑み、会釈して少し離れたところに立つ玖燁様のもとへ戻った。

だから気づかなかった。

「ならば、仕方がないね」

青龍王様が、私の背中に向けてそうつぶやいたことなんて――。

第十三章　琇霞のたくらみ

明朝の狩りに備えて今夜は宴など行われず、参加者の多くは夜が更ける前に寝《やす》むのだという。

それでも家同士の小さな集まりはあるようで、談笑する声が遠くで聞こえていた。

そんななか黒龍王家の天幕を訪ねると、出迎えた梗蓮が、少し離れたところにある小さな天幕へと私を連れてきた。

「姫様は、こちらで璃雨様をお待ちになっています」

璃雨様だなんて梗蓮に呼ばれたのははじめてだ。

そう驚きながら、私は天幕へ入って琇霞に声をかける。

「来たわよ、琇霞」

いったい琇霞は、玖燁様についてなにを知っているのだろう。

しかし不安に思いながら奥へ足を踏みいれたところで、突然背後の入口にかかる布がばさりと降ろされた。

「梗蓮？　なぜ閉じるの？」

重なった布地の向こうに話しかけるが、返ってきたのは梗蓮の声ではなかった。

「あいかわらず馬鹿ね。こんなに簡単に誘いだされるなんて」

「琇霞？　どうしたの？」

天幕のなかにいるのではなかったのか。

そう眉をひそめると、琇霞のくすくすという笑い声が聞こえてくる。

「気になるんでしょう？　玖燁様に、まだなにか知らされてないことがあるんじゃないかって」

「……玖燁様のお姉様が、紅龍王家特有の火の病にかかられていたのは知っているわ」

「ああ、そうなの。じゃあこれは知ってる？　玖燁様があの日、黒龍王家の祭祀にいらしたのは、あなたじゃなく、私を妃にするためだったって」

「……え？」

玖燁様が、琇霞を……？

「ふふ。やっぱり知らないのね。あの方が本当に望んでいたのは私なの！　でも先に藍脩様との婚姻が整ってしまったから、仕方なくあなたを妃にすることにしたのよ」

あはは！　という笑声に、どくん、と心臓が鳴った。

「嘘よ……」

「嘘じゃないわよ。もしかして、玖燁様が姉君を死に追いやったあなたを本気で愛するとでも思っているの？」

まるで心臓がせり上がってくるかのように息が苦しく感じた。

「うぬぼれもいいかげんになさいな。玖燁様があなたを妃にしようとしたのは、あなたにも〈水〉の力があるからよ。望んだ私が手に入らなかったから、あなたで間に合わせようとしただけ。でなければ、あなたなんて貧相な人間、見向きもされないに決まってるじゃない」

琇霞の言葉が、まっすぐに私の心をえぐってくる。

だって、そんなことくらい、はじめからわかっていたから。愛されて妃に望まれたわけではないことくらい……。

玖燁様が私におやさしいのは、私に相剋の妃になれる〈水〉の力があるから。

だから、帝都の紅龍王家の屋敷に来てからずっと思っていた。こんな幸福な夢はきっとすぐに覚めてしまうって。

だけど――。

『俺を選べ。けっしてもう辛い思いはさせないから』

たとえ私のことを愛していなくても、玖燁様はそう言ってくださった。

あの言葉に嘘があるとは思えなかった。

「ああ、可哀そうな玖燁様。あなたのことを恨んでいても、ほかに自分の病を治せる者がいないとなったら、妃に迎えるしかないものねえ。本当にお気の毒だわ！」

「……玖燁様は、そんなふうに思っていないもの」

「はあ!? あんたになにがわかるのよ！」

琇霞の激昂《げきこう》する声が聞こえたけれど、私はぐっと顔を上げて続けた。

「だって玖燁様は……、私を大切にしてくださっているもの」

もし本当に復讐のために私を相剋の妃にしたならば、黒龍王城にいるときから私に妃としての務めを強いてきたはずだ。

相剋によって私の身体が蝕まれようと、かまわずに――。

それだけじゃない。

『……無理はしないと約束しろ』

『かならず真相を突きとめる。だから俺を信じて待っていてくれ』

絹を織りたいと言った際に止められたときも、お父様が陥れられたのかもしれないと告げられたときも、いつだってそこには玖燁様のやさしさがあった。

だからこそ私は、玖燁様の役に立っていない自分が申し訳なくて――。

「ふーん。だったら、なおさらあなたから離れたほうがいいんじゃない？　だって、あなたじゃ満足できないから手を出さないんでしょ？」

「それは……」

　私を気遣ってくださっているからだと、そう反論しようとしたけれど――。

「今日、天幕の近くで玖燁様をお見かけしたわ。お忙しそうなだけでなくて、ときおり頭を押さえていて、とてもお辛そうだったわ。あなたじゃあ、玖燁様のお苦しみを受けとめてさしあげられないんでしょう？」

　ねっとりと耳にからみつくような琇霞の声。玖燁様が苦しまれているのは否定できなくて口ごもると、その隙をつくように彼女は嘲笑《わら》った。

「心配しないで。私が玖燁様の妃になってあげるから」

「……どういうこと？」

「あなたのような名ばかりの妃ではなく、私ならすぐに楽にしてさしあげられるって言っているのよ」

「そんなこと……玖燁様が了承されるはずは――」

「あら、どうして？」

　くすっ、と琇霞が笑った。

「はじめから、玖燁様は玖燁様の望んだ私と、あなたはあなたが望んだ人と夫婦になるのが正しかったのよ」

琇霞の口から放たれる毒が、染みのように私の心に広がっていく。

呆然としている隙に遠ざかる足音が聞こえ、私ははっと我に返った。

慌てて天幕の入口にかかる布を取り払おうとしたけれど、固く閉ざされていてまったく開かない。

「琇霞!? 出して! この天幕から出して!」

「そんな必要はないでしょう? だってそこには、あなたの恋しい人がいるんだもの」

「恋しい人?」

誰のこと?

意味がわからないでいる私だったが、そのときふと、布のつなぎ目になにかが絡みついているのに気づいた。

「草……?」

「しっ。騒がないで、璃雨」

背後から伸びてきた手に両肩をつかまれ、私はぎくりとした。

この声は——。

「若君……どうしてこちらに?」

「君を待っていたに決まっているじゃないか」

ぞわぞわとした悪寒がして、とても振り返れない。

そんな私に、藍脩様が耳元でささやいた。

「聞けば、君はまだ紅龍王の正式な妃になっていないんだろう？　僕のためにあの紅龍王を拒絶したんだね？」

「っ、違います！」

嫌悪感に耐えられなくて、私は藍脩様の腕を振り払った。そして足をもつらせながらも彼から離れる。

「いいんだよ、もう嘘をつかないで。僕のことが好きなんだろう？　君はやさしいから、僕が妃にするといった琇霞を思いやって、僕のところに来られなかったんだよね？」

ほかに、どこか抜け出せるところはないの？

震える手で天幕の布のつなぎ目をさぐるが、どこもびっちりと草が絡んでいる。

ああこれは、藍脩様の〈木〉の力だ。

振り返ると、彼が穏やかな笑みを浮かべてこちらへと近づいてくる。

むかしは大好きだったその笑みに、いまはうすら寒さしか感じない。

「璃雨……、もう無理をしないでいいんだ。琇霞が、君を添嫁に迎えてもかまわないと言ってくれたからね」

「来ないでください……」

この期《ご》におよんで、なんて勘違いもはなはだしいのだろう。

そう思ったら、吐き気さえこみ上げてくる。

「だって、琇霞は駄目だったんだ。贅沢好みなだけじゃなくて、なにかと僕の生活に口を出してくるし、なにより〈水〉の絹も織れないしね。ああ、僕はどこで間違えてしまったんだろう。僕には璃雨だけが大切だったのに」

「来ないで……」

じわじわと後ずさっているうちに膝裏に堅い牀の感触がぶつかり、それ以上後ろに下がれない。

「さあ婚儀をはじめよう。十八になったら、君は僕の妃になるんだと、約束しただろう。もっとよろこべばいい、君の愛する僕と結ばれるんだからね」

「……愛していないです」

「……なんだって？」

「若君のことなんて、これっぽっちも愛してなんていないです！」

「生意気言うな！」

突然伸びてきた手で、力まかせに引っぱたかれた。

絨毯《じゅうたん》の敷かれた床に倒れ、口中に血の味が広がった。

「ああ、ごめんよ。でも君が悪いんだよ。僕を怒らせるから」

自分で殴ったくせに、藍脩様がおろおろと私の頬に手を伸ばしてくる。

「僕はこんなにも君を大切に思っているんだから、君も僕を困らせないで。さあ、璃雨」

生理的な嫌悪感に思わず龍の力が暴発しそうになって、卓子の上にあった花瓶がカタカタと揺れる。

しかしなにも起こらず、私は違和感を覚えた。

「無駄だよ。この部屋には、〈水〉の力を封じる〈土〉の符が貼られているからね。ここで君は龍の力は使えない」

つまり、私に抵抗されることも見越してこのような符を準備していたということだ。いざとなれば力で征服するために。

ああ、本当に、私はこの人のどこを見ていたのだろう。

彼だけが辛い境遇から助けだしてくれるからと、ずっと見ないふりをしていた。

若君が好きだったんじゃない。あそこから助けだしてくれる人だったら、きっと誰でもよかったのだ。

「さあ言うんだ。僕の妃になると」

「嫌です……」

「この……！」

その瞬間、苛立ちもあらわにした藍脩様が私を床へと乱暴に押し倒したのだった。

＊　＊　＊

「璃雨はどこだ？」

やって来るなりそう口火を切った玖燁に、琇霞はにこやかに出迎えながらも内心で舌打ちした。

思ったよりも来るのがはやいと。

「いらっしゃいませ、玖燁様」

「見回りをしていた兵士が、璃雨がこの天幕に入るのを見たそうだ。ここにいるんだろう？」

「璃雨ならばすぐに戻ってきますわ。ちょうど夕食をはじめようと思っていたところですの。玖燁様もご一緒にいかがですか？　お酒でも飲んで、お待ちになりませんこと？」

（兵に姿を見られていたなんて、なんてどんくさい子なのかしら――）

いまいましく思いながら玖燁に酒杯を差し出し、琇霞は菜の並んだ卓子へと誘った。

「けっこうだ。璃雨がどこにいるのか言ってもらえれば、迎えにいく」

「まあ。私の誘いをお断りになるなんてひどいですわ。一杯だけでも飲んでくださらなかったら、お話ししません」

つんと顎をそびやかすと、玖燁は琇霞から杯を奪い取り、無言で飲みほした。そして、一秒でも無駄にしたくないとばかりに、タンッと卓子に叩きつけるように置く。

「璃雨は――」

玖燁様がしっかりと飲みおわるのを見届けてから、琇霞は口を開いた。

「言いにくいことですけれど……藍脩様のところですわ」

そう告げたとたん、玖燁がくるりと踵を返した。

「お待ちになって！　玖燁様も、璃雨がずっと藍脩様のことを慕っていたのはご存じでしょう？」

琇霞は玖燁の腕をつかんで引きとめる。

「それでもあなた様に連れていかれ、相剋の妃としてきゅうくつな思いをしているのですもの。ときおり会うことくらいは許してさしあげて。恋心だけは……ままなりませんもの。代わりに――」

婀娜《あだ》めいた眼差しを送り、琇霞はつかんでいた玖燁の手をみずからの胸へと導いた。

「代わりに、私が玖燁様をお慰めしてさしあげますから」

琇霞が左肩から衣を滑らせると、玖燁の目が細められた。

(男はみんな、私を欲しがるものだもの。この男だって、一皮むけば同じよ。さあ、私を欲しがりなさいな)

黒龍王家の姫となってから、豊かな身体に磨《みが》きがかかった琇霞は、いつだって魅惑的だとほめそやされてきたのだ。

反対に、仙女のような美姫《びき》だったとされる母親に似ているらしい璃雨は、逆賊の娘とされてからはやせ細り、貧相になった彼女になど誰も見向きもしなくなった。

その証拠に、この男はまだ璃雨を抱いてない。

きっと、痩せぎすの璃雨など抱く気にもならないのだろう。

「相剋の妃も、相生の妃も、同じように男女の交接によって互いの気を交わらせ、天地との和合を果たすもの。璃雨などより、私のほうがはるかに玖燁様のお役に立つことができますわ」

そして琇霞は、上目づかいで玖燁を見つめた。

「だって、玖燁様が本当に欲しかったのは、私だったのでしょう？　それに、ふふ。そろそろ、身体が熱く感じるようになってきたはずですわ」

「……さきほどの酒か。なにを入れた？」

玖燁がよろりとふらついた気がして、琇霞はますます愉快になった。

男なんて、みんなこんなものよ、と。

「楽しくなるお薬ですわ。私の得意技ですの。わずかな時間ではありますが水を変質させ、自分の望む作用を持たせることができますの」

効果は一時的なもの。

だけどそうであっても、契ってしまえばその事実が変わることはない。

「媚薬《びやく》というわけか……。それは、毒にもできるのか？」

卓子に手をついた玖燁の頬を両手で包みこみながら、琇霞は笑った。

「そんなおびえた顔をなさらなくても大丈夫ですわ。私が玖燁様を殺そうとなんてするはずありませんもの。でも、そうですね。必要であれば」

思わせぶりな視線を投げかけ、口づけようとする。

この程度でおびえるなんて、案外かわいい男ではないのと思って。

「まさか璃雨も？　璃雨にもできるのか？」

「あの子には、こんな芸当はできませんわ！　私もお父様から教わっただけで、ほかの誰にもできない、とくべつな技なんですの。まあ、そんな話はいいではありませんか。さあ、玖燁様――」

「――なるほど。だとしたら好都合だ」

「え？」

頃合いだと目をつむり口づけを待っていた琇霞は、玖燁の言葉にぱちりと目を開いた。

「水を変質させられるという黒龍王家の力については聞いていたが、土壇場で璃雨に罪をなすりつけようとされても困るからな」

「玖燁、様……？」

冷えきった目を向けてくる玖燁に琇霞は戸惑った。

「おまえはなにか勘違いしているようだ」

「なにを……？」

「俺があの日黒龍王城を訪れたのは、たしかに黒龍王のひとり娘と次期青龍王との婚姻がまとまったと耳にしたからだ。俺には〈水〉の力を持つ、相剋の妃が必要だったからな。場合によっては横やりを入れて、藍脩から奪うことも辞さないつもりで」

「それなら――」

「だがおまえをひと目見て、期待外れだとわかった」

「……はあ!?」

琇霞は耳を疑った。

「な、わ……私が、期待外れですって？」

「そうだ。相剋の妃になどとてもできない、龍の気の薄い娘だとすぐにわかった。無駄足だったと帰ろうとしたんだが、その矢先に璃雨と会ったのだ」

璃雨の名を呼ぶとき一瞬だけやわらかくなった玖燁の目が、まるで汚いものを前にしているかのように琇霞を見下ろしてくる。

「そもそも、俺がおまえのような腐った心根の女に、惚《ほ》れるとでも思ったのか？　図々しいこと、この上ないな」

「なっ、なっ、なっ……！」

「璃雨に嫉妬し、ずっと陰からいびっていたことに、俺が気づいていないとでも？　ずいぶんと、なめられたものだ」

「よ、よくもそんな……」

わなわなと震えだした琇霞だったが、しかしふっと笑みを浮かべた。

「たしかに私の龍の力は、微弱ですわ。ですが、その媚薬に逆らえるかしら。効果があるのはわずかな時間といえども、すでに体内に取りこまれたものを消すのは、いかに当代随一と謳われる紅龍王様でも不可能――」

「――馬鹿か、おまえは」

聞いていられないとばかりに、玖燁は琇霞の言葉をさえぎった。

そしてさきほど卓子に置いた酒杯をつかむと、そのなかを琇霞に見せてくる。

「飲む前にすべて蒸発させてある。おまえのような女が出したものを、俺が信用して飲むわけないだろう」

完全に乾いて、わずかな残滓《ざんし》さえない杯――。

それを見た琇霞は、今度こそ目を白黒とさせたのだった。

＊　＊　＊

『お妃様がいらっしゃいません！』

玖燁が娟寧たち侍女からそう報告を受けたのは、すでにあたりが暗くなってから だった。

急遽《きゅうきょ》体調を崩した天帝が狩猟への参加を取りやめることになり、その対応に追われた玖燁がしばらく紅龍王家の天幕を離れていたさなかのことだった。

思えば、璃雨は昼頃から様子がおかしかった。

嫌な予感がしてみなで捜していたところ、昼間兵士に呼ばれた玖燁が少し離れた際に、この女が璃雨に接触していたという話を耳にしたのだ。

味方のふりをしながら、ずっと陰で璃雨をいびりつづけてきた女――。

どうせまた汚い手を使い、璃雨をおびきだしたに違いない。

そう思って、この天幕に彼女が入っていくのを兵士が見たとカマをかけたら、案の定ぺらぺらと白状した。

「俺はいま、とてつもなく腹を立てているんだ。はやく言え」

媚薬が入っていたらしい酒杯の内側を眼前に突きつけてやりながら、玖燁は琇霞に迫った。

「な、なんのことだか……ひっ！」

この期に及んでとぼけようとする態度にいいかげん苛ついた玖燁は、琇霞の周囲を取り囲むように床に火をつけてやる。

「もう一度訊く。璃雨はどこだ？」

「な……、熱っ！　熱い！」

少しずつ炎の輪を狭めていくと、弾けた火の粉が頬にかかったのか、琇霞が大袈裟《おおげさ》な悲鳴をあげた。

「こんなふうに私を脅すなんて……っ！　この野蛮人！　それが本性なのね!?」

「おまえに言われる筋合いはないが、そのとおりだ。こういう姿は、あまり璃雨には見せたくないがな。わかったなら、さっさと言え！」

「ひ、東のはずれの天幕よ！」

琇霞がそう自白したとたん、聞きたいことは聞いたとばかりに、玖燁は踵を返した。

「ちょっと、火を消していきなさいよ！」

「騒ぐな。燃えるものがなくなれば、そのうち消えるだろ」

「なによ！　復讐のために璃雨を妃にしたくせに！」

かまわずに天幕から出ようとしたところで、恐怖と悔しさに震えていた琇霞が叫んだ。

「……なんだと？」

玖燁は眉をひそめて振り返った。

「おまえ、璃雨になにか言ったのか？」

「はっ！　なにを言ったかですって？　璃雨に教えてやったのよ！　あなたが姉の復讐のために、あの子を相剋の妃にしてやったって！」

「俺は……っ」

「ざまあないわね！」

琇霞が意地の悪い哄笑をあげた。

「璃雨はそう思ったまま、いまごろは藍脩様の腕のなかでしょうよ！　狩りに来ている噂好きの宮廷人たちがその場に乗りこんだらどうなるでしょうね⁉　璃雨はもう、藍脩様の妃になるしかないわ！」

「っ――」

怒りのまま、玖燁は琇霞に熱風を叩きつけた。

「きゃあああ！」

琇霞が顔を押さえて悲鳴をあげる。

だが玖燁は、一切それにかまわずに駆け出したのだった。

第十四章　華胥への誘い

『姉の復讐のために、あの子を相剋の妃にしてやったって！』

違う。そうじゃない！

はやる心を抑えつけて玖燁は走りつづけた。

たしかに、はじめはそのつもりで璃雨を相剋の妃にすればいいと考えてしまった。

自分が悪いのだと本人が言っているのだから、その罪を贖《あがな》わせればいいのだと。

だけどあのとき——盤古の泉の水を飲んだ玖燁は、璃雨にはなにひとつ罪などないことを理解した。

そしてその瞬間、璃雨以外の妃を持つことなど考えられなくなって——。

『いまごろは藍脩様の腕のなかでしょうよ！』

「璃雨……！」

なんとか間に合ってくれ——。

そう願いながら走った玖燁は、しかし琇霞が話していた天幕が見えてきたとき、すぐに異変に気づいた。

草で覆われていた天幕の一箇所が、大きく裂かれている。そしてその奥に、人が倒れていることに気づいたのだ。

「璃雨！」

しかし裂け目から中へと飛びこんだ玖燁は、目を疑った。

そこにいたのは青龍王家の藍脩だけで、璃雨の姿はどこにもなかったからである——。

＊　＊　＊

「さあ、ここまで来れば安心だよ、璃雨」

「ありがとうございます、おじ様」

月明かりをたよりに天幕を抜け出した私は、青龍王様が差しだしてくれた手につかまりながら足場の悪い丘を下った。

狩り場である草原を歩きながらも、頭を占めるのは琇霞の言葉ばかりだ。

『心配しないで。私が玖燁様の妃になってあげるから』

琇霞は、本気なの？

玖燁様が琇霞に触れ、私にしたように口づける。そう想像したとたん、私は身体中が震えた。

嫌だ。そんなのぜったいに――。

「あっ……！」

はやく玖燁様のところに戻らなければと思うほどに気が急いてしまい、とうとう草に足を取られてしまう。

「大丈夫かい？」

「すみません……」

転倒をまぬがれたのは、青龍王様が手をつかんで私を支えてくれたおかげだった。

「謝らないでくれ、璃雨。父として藍脩のことを、本当に申し訳ないと思っているんだ。我が息子ながら、あそこまで愚かだとは思わなかった」

「そんな……。おじ様のせいではありません」

口ではそう言いながら、私は豹変《ひょうへん》してしまった藍脩様を思い出して、ぶるりと身震いした。

もしあのとき、青龍王様が天幕を切り裂いて助けにきてくださらなかったら、いまごろどうなっていたのだろう。

「実は……私はあれを廃嫡しようと思っているんだ。いや、今回のことだけじゃない。

最近様子がおかしいと思って調べたところ、帝都に来て以降かなり借金をしていたことがわかってね。……こうなっては、君にあの子のところに来てもらわなくて、かえってよかったのかもしれない」

「そんなことが……」

それまで抱いていた印象とはまったく違う藍脩様の顔に、私は驚くばかりだ。

だけど紅龍王家に入ったいまとなっては、それは他家のこと。立ち入るべきではないと、私はただ静かにうなずくにとどめた。

しかし――。

「だからね、君は私と来ればいい」

「はい？」

意味がわからなくて、私は思わず顔を上げた。

気のせいだろうか。

なんだか、前を歩く青龍王様の様子がおかしい気がした。

そういえば見晴らしのよい草原をずいぶん歩いているのに、紅龍王家どころか、他家の天幕も見えてこないのはなぜだろう。

「……あの、紅龍王家の天幕はどちらでしょう？　きっと玖燁様が心配していると思うので」

しかし青龍王様は答えずに、どんどん私の手を引いていってしまう。

「どうなさったのですか、おじ様?」

ますますおかしいと思っていると、青龍王様がぽつりと言った。

「私は思い違いをしていたよ。藍脩では駄目だったんだ。だから君は、このまま私と一緒に行こう」

「行くって……どこへですか?」

「華胥にだよ。行き方を、知っているんだろう?」

華胥——玖燁様にも言われた、お母様の故郷だったかもしれないところ。

だけど、どうして青龍王様の口からそれが出てくるのだろう。

「そんなところが、本当にあるのでしょうか。玖燁様にも言われたのですが、私にはどうも信じられなくて——」

「嘘をつくな!」

突然の激昂に、びくりと肩が揺れた。

思わず見上げてしまうが、ちょうど薄い雲に月がさえぎられ、青龍王様の顔が見えない。

「とぼけないことだ。君は永娥《えいが》から聞いているはずだ」

「永娥って……お母様ですか? 私はなにも聞いていないです。そもそも幼いころに亡くなったので、ほとんど覚えていな――」

「まさか紅龍王も、華胥へ行こうとしていたとはな。抜け目のない男とは思っていたが、あの馬鹿息子のせいで、まさか奴にかっさらわれるとは。いいや、もともとはあの強欲な黒龍王が悪いんだ。霖偉が死んだにもかかわらず、すぐに君を渡さないから」

「おじ……様？」

ぶつぶつとつぶやく青龍王様から、私は後ずさった。

「さあ、私に話すんだ。華胥への行き方を」

青龍王様がなにを言っているのか、よくわからなかった。

わからなかったけれど、このまま一緒にいてはいけない。直感でそう思った私は、青龍王様の手を振り払って走りだした。

「君も結局、永娥と同じか。どうやら身体に訊かなければわからないようだね」

青龍王様は、追いかけてはこなかった。だけどその代わりに、私の足に草が絡みつく。

青龍王様の〈木〉の力だ。

「きゃあ！」

盛大に転び、私は地に手をついてしまう。するとそれを狙ったように、腕にまで草が巻きついてきて、私から自由を奪おうとする。

背後から青龍王様がゆっくりと近づいてくる足音が聞こえて、私は焦った。

どうしたらいい？

どうしたら——。

迷いながらも私は、足に絡みつく草から水を吸いとった。みるみるうちに枯れていったそれを手足から引きはがし、ふたたび走りだす。

「君もなかなかやるじゃないか」

こんなふうに〈水〉の力を使ったのははじめてだった。

しかしすぐにまた足を取られてしまい、枯れた草を引きはがす。その繰り返しだった。

そして息が上がり、手足が鉛のように感じられてきたころ——。

「あっ……」

月を覆っていた薄雲がさっと晴れた瞬間、私の目の前には崖が広がっていた。

これ以上先へは逃げられない。

振り返ると、青龍王様はすぐそこまで迫っていた。

「来ないでください……」

「……あのときと同じだな」

青龍王様がぽつりと口にした。

「永娥もそうやって私をにらみつけていた。君は本当に彼女によく似ている」

「お母様って……、まさか……」

私の脳裏に、岩場で足を滑らせたというお母様の最期が思い出される。

「誤解しないでくれ。彼女は勝手に足を滑らせたんだ。私から逃れようだなんて、愚かな行動のはてにね」

それは、青龍王様が殺したこととどう違うのか。

「だから君には――」

「きゃあ！」

突然地中から伸びてきた人の腕ほどの樹木が、蔓《つる》のように私の身体に巻きついてくる。

「死なれたら困るからね。君だって間違ってそこから落ちたら嫌だろう？　結局永娥は、最後まで私を華胥へ連れていってはくれなかった。でも君は違うはずだ」

草とは違い、太い枝に捕らえられた私はいっさいの身動きができない。やがて細い枝が私の首にも伸びてくる。

「さあ、話すんだ。華胥への行き方を。君だっておろかな母親のようにはなりたくないだろう？」

「……お父様は、お母様のことを知って……？」

お父様と青龍王様は、親友だったはず。

なのにどうしてそんなことになったのか。

「どうかな？　でも急に君と藍脩との婚約を解消したいなんて言いだしたからね。霖偉もなにか感づいていたのかな。でも終わったことさ。霖偉のことは、黒龍王がうまく排除してくれたしね」

「そんな……」

ではお父様は、自害ではなかったのか。

しかも、血を分けた兄である伯父様に殺されていたなんて――。

「さあ、おしゃべりはここまでだよ。はやく教えておくれ。華胥で私は、永遠の命を手に入れてみせる。さあ、璃雨」

「知らな……っ」

答えようとしたら、喉に巻きついた枝がぎりぎりと私を締めあげた。

痛くて苦しくて、息さえもできない。

「はやく言わないと、死んでしまうよ？」

幼いころから変わらない、藍脩様にも似たその笑みに、私はぞっとする。

「さあ……！」

じわじわと呼吸を奪われ、笞で叩かれるとき以上の恐怖に震えたときだった。

ふっと息苦しさが消えた。

「――璃雨！」

私の身体を締めつけていた枝が燃えあがり、ぶつりと切れたのだと気づいたときには、視界の隅に玖燁様の姿をとらえていた。

「く、よう……様」

動くようになった腕で、まだ喉にからみついている枝を引きはがす。はげしく咳きこみながら、私は安堵に包まれた。これで大丈夫だと――。

「やはりおまえも璃雨を狙っていたのだな、紅龍王！」

しかし舌打ちした青龍王様が叫んだとたん、玖燁様の足元から伸びてきた樹木の枝が、彼に襲いかかる。

「玖燁様……っ！」

しかしそれは玖燁様の身体に到達する前に燃えあがり、一瞬のうちに消し炭と化した。

歴然とした力の差を目のあたりにした青龍王様が、呆然とあえいだ。

「化物め……」

「化物？　そうかもな」

バラバラと落ちていく燃えかすの向こうで、玖燁様が自嘲するように唇を上げた気がした。

「ひっ！」

青龍王様が声をもらしたのは、彼のまわりを玖燁様の炎が取り囲んだからだ。

「先帝陛下に偽りを吹きこみ、前黒龍王……璃雨の父を陥れたのはおまえだな」

「あれは！　そもそも、霖偉が悪いのだ……！　璃雨を……藍脩の妃にするのをやめると言いだすから！」

「なるほど、婚約解消を申し入れられたことが引き金か」

ああ、ではやはり、お父様は気づいていたのだろう。お母様が、青龍王様に殺されたことを――。

「詳しい話はあとでゆっくりと聞く。璃雨、こちらへ……」

玖燁様が私に手を伸ばしてくれる。

それだけで私はほっとして、彼のところへと駆けだそうとした。

だけど――。

「くっ――」

青龍王様のうめく声が聞こえたかと思ったら、私の足元から伸びてきた枝がふたたび身体に巻きついた。

そして、風を切る感覚がしたのは一瞬だった。

「璃雨――！」

玖燁様の声が聞こえるなか、枝に引きずられた私の身体は、崖の下へと真っ逆さまに落ちていった。

玖燁様がそれを燃やそうとしてくれたのも間に合わずに――。

＊　＊　＊

「璃雨――！」

玖燁は、璃雨の姿が吸いこまれていった崖へと駆け寄った。

そして呆然と見下ろした。奈落のように深く、闇に包まれ見通すことができないその底を――。

「はははは！　私が行けぬのならば、ほかの誰にだって行かせるものか……！」

背後で青龍王が嗤う声がする。

それを聞いた瞬間、玖燁は身体中の血が沸騰する気がした。

抑えられない怒りがうねりとなって駆けあがる。そして次の瞬間――。

ドンッ！　という爆発音とともに炎が周囲を埋めつくした。

パチパチという炎が爆《は》ぜる音に我に返ったときには、すでにまわりを炎に囲まれていた。

ああそうか――と、玖燁は他人事《ひとごと》のように思った。

また力を暴発させてしまったのだと。

一瞬のうちにあたりを燃やしてしまったにもかかわらず、火の勢いはおさまる気配がない。周囲を埋めつくすほどの炎が、視界を紅く染めて燃えさかっている。

わずかに残っている冷静な部分で、どうにかして火を止めようとする。しかし、力を使いすぎたせいか、うまく消すことができない。

「う……」

うめき声に視線を向けると、青龍王が繭のようにみずからのまわりを樹木の枝で包みこませたなかで意識を失っていた。

「……腐っても龍王のひとりということか。さっきのを避けるなんて」

しかし青龍王が防御壁のように張りめぐらせた木々にも火はつき、ところどころ内部が丸見えになっている。じきになかまで炎が入りこみ、あの男ごと炭にするだろう。

「璃雨……」

ふたたび玖燁は、璃雨の消えていった崖下を見つめる。

ここから落ちては、ひとたまりもない。

「はは……」

玖燁は天を仰ぎ、その場に膝をついた。

もう、いない――。

襲ってきたのは、恐ろしいほどの虚無感だった。

だが、嘆くことはないのかもしれない。

制御できない〈火〉の力のせいで、玖燁自身すでに厚い炎に覆われはじめている。

いまは空中に発散されている玖燁の龍の気を糧に燃えているだけだが、それが終われぱいずれ彼自身を燃やしつくすはず。

いつかこうなるのではと思っていた。

巨大すぎる力を抑えきれなくなって、みずからを滅ぼすことになると。

それでも――。

「もう、いいか……」

投げやりにそうつぶやいた玖燁は、そっと目を閉じたのだった。

＊　＊　＊

『璃雨……。ねえ、璃雨。起きて』
誰かが私を呼ぶ声がした。
『トウテツ……？』
意識が浮上する感覚がして、起きあがった私はあたりを見まわした。
しかし彼の姿はどこにも見えなかった。
だって、私は闇色の世界にいたからだ。
だけど真っ暗なのとは違う。
そう、まるで目をつむったときの瞼裏《まなうら》の色のような。
だからだろうか。なにも見えないのに、不思議と恐怖を感じなかったのは。
『ここは……？』
『ここは璃雨の夢のなかさ』
『私の、夢……？』
『そう。本当は璃雨の夢に干渉することは、玖燁に止められてたんだけどさ』
意味がわからないでいる私に、トウテツは笑った。
こうなったら不可抗力だよねー、と。
『ねえ、玖燁を助けてやってよ』

『玖燁様を……？』

『うん。このままじゃ彼、死んじゃうからさ。困るんだよ、それだと俺』

なにかに身体をふわりと包みこまれる感触がした。

『だって玖燁は、俺の――だから』

そこで私は今度こそはっと目が覚めたのだった。


「玖燁様……？」

崖の上に戻ると、そこは燃えさかる火に包まれた紅の世界だった。

圧倒されそうな炎のなかほどに、玖燁様が座りこんでいる。身体中に、周囲よりもさらに赤々とした焔《ほむら》をまとわせて。

「玖燁様……っ！」

「……璃雨？」

力が暴走して止められないのだと、すぐにわかった。

近づけないまま名を呼ぶと、玖燁様の目が開く。

しかしそれはどこかうつろで、私を本当に見てはいなかった。

「これは、夢か？」

「夢じゃありません。私は大丈夫なので、火を止めてください」

「もう、止められない」

投げやりにつぶやく、こんな玖燁様ははじめてだった。

空中にある水の粒子をどうにかかきあつめて身体にまとわせ、私は玖燁様へと歩み寄ろうとする。

「っ……！」

だけど肌をちりりと焼かれる痛みに、私は小さく悲鳴をあげる。

その瞬間、今度こそ我に返ったように玖燁様が目を見開いた。

「璃雨？」

「そうです、玖燁様。トウテツが助けてくれたんです」

夢から覚めると、トウテツのもふもふとした背中にいた。彼が、崖から落ちた私の身体を受けとめてくれていたのだ。

そして彼に、もう一度言われたのだ。

玖燁を助けて――と。

「来るな……！」

しかし熱風にあおられながらも私が近づくと、玖燁様は私を拒絶するように怒鳴った。

「おまえが助かっていたならいい。俺のことはいいから、はやくここから逃げろ」

「逃げません」

「璃雨！　いくら水をまとっていても、すぐに蒸発してしまうぞ」

玖燁様は、いままで見たことのない、どこか途方に暮れたような、泣きそうな顔で言った。

「もう自分では止められないんだ。このままでは俺だけでなく、おまえまで燃やしつくしてしまう……」

「大丈夫ですよ」

安心させるような言葉が、自然と口を衝《つ》いて出た。

「私が、玖燁様をお守りしますから――」

ようやく玖燁のもとへたどり着き、私は炎に包まれた彼を頭から抱きしめた。

どうしてかわからないけれど、どうすればいいかはわかっていた。

彼を助けてほしいと天に祈る。すると、ぽつぽつと水のしずくが落ちてくる。

背中にあたるそれは次第に増え、じきに大雨となってその場に降りそそいだ。

まるで、彼を水の癒しで包みこむように――。

終章

盤古の泉は、この日も木漏れ日を受けて穏やかな光を放っていた。

水中に深く身を沈めた私は、一度大きく息をついてから腕を上げる。すると、そこにあったはずのアザや火傷などはすべて消えていた。

「治ったな……」

なめらかになった肌を見て、岸にいた玖燁様が心底ほっとした顔をする。

青龍王様に負わされた傷だけでなく、玖燁様は自分が起こしてしまった火事で私が火傷を負ったことを、とても気に病んでいたのだ。

「だから大丈夫って言ったじゃないですか」

安心させるように笑むと、玖燁様がくっと顔をゆがめさせ、みずからも泉のなかへ足から飛びこんでくる。

「玖燁様……!?」

私の傷は治ったけれど、黒龍王城を出た日からこの泉を浄化していないのだ。

だから私は玖燁様の顔にかかった水滴を、慌ててぬぐおうとした。しかしその手を取られて、抱きしめられる。

「大丈夫だ」

「で、でも、天帝陛下やお姉様みたいに……」

「言っただろう。その件は、青龍王や黒龍王が仕組んだことなのだと。おまえは悪くないし、この盤古の泉にも問題はないんだ」

「そう……でしたね」

あの日ひどい火傷を負いながらも、助かった青龍王様がすべて自白したのだという話は、ここに来るまでに玖燁様から聞いていた。

六年前、青龍王様が伯父様をそそのかし、お父様が玖燁様のお姉様に献上した盤古の泉の水を毒へと変質させたのだと。

どのような方法を使って白状させたのか玖燁様は教えてくれないけれど、青龍王様が華胥への憧れをつのらせ、案内させようとしたお母様を殺してしまったことまで、みな口を割ったという。

「黒龍王もいま審問を受けているところだからな。王位を剝奪されるのも時間の問題だろう。それぞれの一族についても、みな沙汰待ちの状態だ」

青龍王様も伯父様も、極刑か、軽くても流罪になるのは間違いないらしい。

その子である藍脩様や琇霞も、王族としての身分の剝奪など、なんらかの措置が下されるはずだと、玖燁様は話していた。

お父様の命は戻らない。

けれどその汚名は雪《そそ》がれ、逆賊ではなく、遺体も黒龍王として正式に埋葬しなおしてもらえるという。

そして私自身も、身分を回復して「黒龍王家の姫」に戻るのだ。

すべて、玖燁様のおかげで。

だけど——。

「私は……玖燁様に救っていただきました。だからもうそれだけで十分です」

「璃雨？」

玖燁様は、火の病を抑えたくて、相剋の妃を望んだだけなのだ。それはつまり、病さえ抑えることができれば、妃にこだわる必要もないということ。

「私は、どのような立場になっても玖燁様をお支えしたい気持ちに変わりはありません。だからどうか、玖燁様が本当にお好きな方を正妃にお迎えください」

私は決心がくじけないうちにと、一気にそう言った。

たとえ正式な妃にしてもらえなくても、玖燁様になんでも捧げるつもりだと——。

「玖燁様……？」

だけど私の話を聞いた玖燁様は、なにも言わずに押し黙ってしまった。

そしてしばらくしてから、怒ったような声で口を開いた。

「……つまり、おまえは妾妃でいいって言っているんだな？　俺が、ほかの女を抱いてもいいと」

そんなはず、ないではないか。

だけど、それで玖燁様が幸せになるなら、私はよろこんで受け入れなければならないのだ。

それがどれほど辛くても。

そう思うべきなのに、うなずこうとした瞬間、私は涙をこぼしてしまう。

「だって……、六年前、私がちゃんとこの泉を清めていれば、お姉様の病を治すことができたかもしれません。だから玖燁様が私をお恨みになるとしても、仕方がないことだと……」

玖燁様が私を妃に迎えようとするのが復讐のためでなくとも——、ううん、復讐でないならなおさら、彼を縛ってはならないのだ。

「おまえ……、いや」

とても玖燁様の顔を見られなくてうつむいた私に、玖燁様はなにかを言いかけ、そしてまた黙ってしまう。

しかし次の瞬間、顎をつかまれ上を向かされたかと思うと唇を重ねられた。

「く、玖燁様……っ」

そして唇を押さえて慌てる私の肩に、玖燁様はこてんと顔をうずめたのだ。

「正直に言うと――」

「はじめは、俺もそう思ってしまっていた。おまえならいいと――。心身を消耗する相剋の妃にしても。罪を償わせるのにちょうどいいだろうとさえ思って――」

「っ……」

やはり、琇霞の言ったとおりだと、私は声をつまらせた。

「だが、いまならわかる。姉の死は、おまえとはまったく関係ないことだと」

「え……？」

「おまえはこの泉に澱が溜まっていると効果がなくなると言っているが、そんなことはない。いまの状態でも十分に火の病に効いている。ただ、泉から離れてから時間が経つと、効果が薄まるようだ。そのことに、姉も前黒龍王も気づかなかったんだろう」

「……本当に効いているのですか？　いまのままでも？」

「ああ」

玖燁様はうなずいた。

「つまり、おまえはまったく悪くないんだ。だからそのすぐに自分を責めるくせをやめろ」

「でも……」

もし薄い効果でもこの泉の水が火の病に効くのなら、なおさら相剋の妃などいなくてもいいのではないだろうか。

私が玖燁様のそばにいる必要なんて――。

「……お前の一番の問題は、その自信のなさだな」

天を仰ぐようにしてため息をつかれ、私はびくりとしてしまう。

そうかもしれない。

お父様の汚名は雪がれたけれど、長年の間、私がずっと取るに足りない者として扱われてきた時間が消えるわけではない。

だから、こんな自分に身にすぎた幸運など訪れるはずがないと思ってしまうのだ。

「――わかった。こういうことは得意ではないが、言ってやる」

「はい？」

「よく聞いとけよ？」

首をかしげた次の瞬間、玖燁様に両肩をがっしりつかまれた。

「……おまえでないと駄目なんだ」

まっすぐに見つめられ、胸がどきりとした。

だけど心の奥の冷たく凝った部分が、すぐにその高鳴りを打ち消してしまう。

「だからそれは……私の水の龍の力が強いからで……」

「違う！　いや、はじめはそうだったかもしれない。だが相剋も相生も関係ない。いまはおまえのやさしさや笑顔、なにもかもが愛おしい」

「く、玖燁様……？」

いつもは感情をあまり顔に出さない玖燁様とは思えない言葉の数々に、私は真っ赤になった。

「癒してくれるところが好きだ。抱きしめたときに浮かべる困った顔もいい。それから口づけたあとに恥じらうところもたまらない――」

「あの、もうそのくらいで……」

「だが、おまえは俺の気持ちが信じられないのだろう？」

「信じます！　信じますから！」

もうなにも言わないでほしい。恥ずかしくて死にそうだった。

「なら言ってくれ。おまえも俺と同じ気持ちだと思っていいのか？」

「っ……っ……っ」

息をつまらせてしまい声が出なかった。だから私は、言葉にできない代わりに、玖燁様にぎゅっと抱き着いた。

「……私、琇霞が玖燁様の妃になると聞いて、本当に嫌だったんです」

ようやくそう告げた瞬間、ふっと息を呑んだ玖燁様が顔を近づけてくる。

思わずくせでその唇を押し返そうとしてしまうと、その手を玖燁様につかまれた。

「駄目じゃないんだろう？　琇霞が妃になるのは嫌だったって、いま言ったじゃないか」

「それとこれとは……」

「だとしても、これくらい許せよ」

いつもそうやって玖燁様は、自分の思いのままに進めてしまうのだ。

だけど眉尻を下げながらも私は、ふたたび降りてきた唇に静かに目を閉じたのだった。

余話　トウテツのつぶやき

「璃雨を失う恐怖に捕らえられた玖燁の夢は、実に美味だったなあ」

木の枝に腰をかけ、盤古の泉で重なった影を眺めていたトウテツは、唇をぺろりとなめた。

これまでとは違う、ほろ苦く、でもどこか甘い悪夢。

まさに絶品だった。

崖から落ちた璃雨を助けて玖燁のもとへ行かせたのも、すべて美味しい食事にありつくため。

なんでも喰らう饕餮《とうてつ》の一族だが、そのなかでも彼は人間の悪夢が大好物だった。

あの日出会った玖燁についてきたのも、彼が毎夜悪夢にうなされているのを感じとったからに他ならない。

すべてを燃やしつくしてしまうかもしれないという恐怖――。

それに裏打ちされた悪夢は、実に美味で。

玖燁がその夢を見るたびにトウテツは最高の食事を得られ、引きかえに彼は安眠を手に入れる。

そんな共生関係が、これまでずっと続いてきたのだ。

でも璃雨を得たいま、玖燁はもう、その悪夢は見ないのかもしれない。

しかしトウテツは、それを惜しいとは思っていなかった。

きっとこれからは、璃雨を失うかもしれない恐怖を糧に作られる悪夢が、彼を楽しませつづけてくれるに違いない。

この上なく甘美なあの味わいで――。

「楽しみだなあ」

そうつぶやきながら、トウテツは舌なめずりをした。

「だって玖燁は、俺の極上の餌《エサ》だからね」

本書のプロフィール

本書は書き下ろしです。

小学館文庫

火《ひ》の龍王《りゅうおう》は水《みず》の妃《きさき》をご所望《しょもう》です

著者　貴嶋《きじま》 啓《けい》

二〇二五年五月七日　初版第一刷発行

発行人　庄野　樹
発行所　株式会社 小学館
〒一〇一-八〇〇一
東京都千代田区一ツ橋二-三-一
電話　編集〇三-三二三〇-五六一六
販売〇三-五二八一-三五五五
印刷所-株式会社DNP出版プロダクツ

ISBN978-4-09-407463-5